KB041341

화려한 젊음보다
행복한 황혼이 아름답다

화려한 젊음보다
행복한 황혼이 아름답다

초판   1쇄 발행 2015년 6월 10일

지은이   이상은 지음
펴낸이   한승수
펴낸곳   문예춘추사
편 집   고은정
마케팅   심지훈
디자인   오성민

등록번호   제300-1994-16
등록일자   1994년 1월 24일
주소   서울특별시 마포구 연남동 565-15 지남빌딩 309호
전화   02-338-0084
팩스   02-338-0087
블로그   moonchusa.blog.me
E-mail   moonchusa@naver.com

ISBN   978-89-7604-242-2 03810

자신 있고 품격 있게 나이 드는 지혜 365

화려한 젊음보다 행복한 황혼이 아름답다

이상은

문예춘추사

"늙지 않으면 사람이 아니고
          가지 않으면 세월이 아니다."

예전에 어디선가 누군가에게 들었던 말이 어렴풋이 생각납니다. 그렇지요. 누구나 다 나이를 먹고, 가는 세월을 잡을 수는 없습니다.

나이가 든다는 것은 무엇인가를 느끼며 산다는 것이라고도 했는데 일생에서 최고의 행복감을 느끼는 나이는 60~70대라고 합니다. 젊은 사람들이 생각하기에는 나이 든 사람들이 무슨 행복일까 싶겠지만 노년에는 삶을 바라보는 시각이 달라지기 때문에 행복할 수 있는 것이지요.

그런데 이 사실을 모르는 사람들은 대부분 나이가 드는 것을 별로 좋아하지 않지요. 하지만 생각해 보세요. 나이가 들수록 시간에 쫓기지 않습니다. 젊은 시절에는 얼마나 바쁘게 살았나요. 하지만 이제는 시간에 여유가 생기니 마음에도 여유가 생깁니다. 많은 부담과 책임에서도 조금씩 벗어

날 수 있으니 홀가분함을 느낄 수 있고요. 진정 자유라는 것이 이런 것이구나, 하는 느낌이 아주 좋습니다.

이제는 내가 하고 싶은 것만 골라서 해도 됩니다. 피곤할 때는 잠시 누워 쉬면서 여유를 부릴 수도 있으니 삶에 여유가 더해져 자연스레 마음도 관대해집니다. 그러다 보니 주위 사람들에게도 관심을 갖게 되고 내 힘이 닿는 만큼은 도움도 주고 싶은 마음이 절로 생기지요. 정말 이제는 자식 걱정, 일 걱정, 주위에 산만하게 흩어져 있던 여러 걱정거리들은 다 떨쳐버리고 진짜 내 인생을 살 수 있을 것 같아요. 용기가 생깁니다.

일출도 찬란하고 아름답지만 일몰의 황홀함은 감탄사를 외치게 만듭니다. 황혼기에 접어든 지금, "내 인생은 지금부터다!!"라고 크게 외치고 싶습니다. 나는 지금 이 순간이 행복합니다. 누군가 내게 20대의 청춘으로 돌아갈 수 있게 해 준다고 해도 그러고 싶지 않습니다. 바로 지금 제3의 인생이 시작된다고 믿으니까요.

하지만 나이만 먹는다고 다 행복한 것은 아닙니다. 삶을 통해 얻은 지혜가 행복을 가져다주는 것이기에 한 해 한 해 나이가 들면서 삶에 어떻게 적응하느냐에 따라 노년의 삶이 행복해질 수 있는 것입니다.

인생에서 황혼은 마음을 다스리기에 좋은 시간입니다. 나이가 들어가도 내 인생은 시들지 않을 것이라는 생각으로 열심히 살고 싶습니다. 이제 우리의 인생이 다시 시작됩니다.

우리 함께 누립시다. 우리는 그럴 자격이 충분히 있습니다. 그동안 우리는 가족을 위해 헌신했고, 직장에서 열심히 뛰었으며, 나보다 주위 사람들을 더 챙기며 살아오지 않았습니까? 땀 흘려 일한 후에 얻는 기쁨이라고 하면 어떨까요? 이제는 쉬면서 조금은 천천히 가도 되지 않을까요?

화려한 젊음보다
행복한 황혼이 아름답다

아름답고 우아하게, 품위를 지키면서도 즐겁고 행복하게 늙어가는 지혜를 함께 나누고 싶습니다. 그래서 나이 들어가면서 느끼는 감정들, 여러 생각들, 또는 조심해야 할 것들, 다 큰 자녀들과 잘 지내기 위한 방법들, 건강하게 살기 위해 필요한 작은 생각들을 모아 봤습니다.

나이가 들어갈수록 더욱 성숙해가며 발전하는 모습을 보여주어야 하지 않을까요? 건강하고 멋있게 나이 들어가는 것을 창조적으로 누리기를 바라는 마음에 쓴 이 글을, 함께 나이가 들어가는 많은 이웃들과 함께 나누고 싶습니다.
진짜 행복은 지금부터입니다!

행복하게 나이 들어가는 저자
이상은

❀ Contents

1부

진짜
행복은
지금부터

001 진짜 행복은 지금부터입니다.

행복할수록 수명도 연장된답니다.

002 평범한 일상에서 행복을 찾으세요.

**노년의 행복은 현재에 만족할 때 생기는
잔잔한 감정에서 옵니다.**

003 행복의 조건은 순간순간에
충실하는 것입니다.

내일을 위해서 오늘을 희생하지 마세요.

화려한 젊음보다
행복한 황혼이 아름답다

004 남은 생애 동안
행복한 시간을 많이 만드세요.

성공한 인생보다 더 중요한 것은 행복한 인생입니다.

005 매일 새로운 마음으로
새날을 시작하세요.

남은 삶을 시작하는 최상의 하루는 바로 오늘입니다.

"그런즉 누구든지 그리스도 안에 있으면 새로운 피조물이라,
이전 것은 지나갔으니 보라 새 것이 되었도다."
• 고린도후서 5장 17절 •

006 남은 인생을 사랑하세요.

가슴을 뛰게 할 만큼 신 나는 일을 해 보세요.

007 마음의 소리에 귀를 기울여 보세요.

자신만 들을 수 있는 세미한 음성이 들리시나요?

"배에서 남으로부터 내게 안겼고
태에서 남으로부터 내게 업힌 너희여,
너희가 노년에 이르기까지 내가 그리하겠고
백발이 되기까지 내가 너희를 품을 것이라.
내가 지었은즉 내가 업을 것이요
내가 품고 구하여 내리라."

· 이사야 46장 3~4절 ·

008 항상 젊은 마음으로 사세요.

나이를 느끼는 만큼 늙어가는 거랍니다.

"마음의 즐거움은 얼굴을 빛나게 하여도
마음의 근심은 심령을 상하게 하느니라."

· 잠언 15장 13절 ·

009 삶에 열정을 갖고 바쁘게 사세요.

인생은 마침표가 아니라 느낌표의 연속입니다.

화려한 젊음보다
행복한 황혼이 아름답다

010 나이듦의 여유를 마음껏 누리세요.

나이가 들어가는 만큼 마음도 넓히세요.

011 어디서든 웃는 얼굴을 잊지 마세요.

많은 사람들의 친구가 될 수 있습니다.
15초만 웃어도 수명이 이틀이나 연장된다니까요.

"그대의 마음을 웃음과 기쁨으로 채우라.
그러면 해로움을 막아주고 생명을 연장시켜 줄 것이다.

• 윌리엄 셰익스피어 william Shakespeare •

012 스마트폰을 보는 대신
스마트한 생각을 많이 해 보세요.

스마트한 생각을 많이 하세요.
생각이 바뀌면 인생이 달라집니다.

013 사랑하는 법을 배워 실천해 보세요.

따뜻한 말 한마디가 사람을 살아가게 하는 힘을 줍니다.

"사랑하고 있는 한 우리는 섬긴다.
사랑받고 있는 한 우리는 세상에 없어서는 안 될 존재이다."
• 로버트 루이스 스티븐슨 Robert Louis Stevenson •

014 아름다운 미소를 잃지 마세요.

미소에는 나이를 젊게 하는 능력이 있습니다.

015 어떤 상황이라도
긍정적으로 받아들이세요.

모든 것이 합력하여 좋은 결과가 이루어집니다.

화려한 젊음보다
행복한 황혼이 아름답다

016 이제는 인생의 목표보다 살아가는 과정을 즐기세요.

한 걸음 한 걸음 걸어가는 평범한 하루가 삶의 기적입니다.

017 지혜는 누가 가르쳐주는 것이 아니라 실수를 통해 스스로 터득하는 것입니다.

한 번의 실패는 한 번의 지혜를 배우는 것입니다.

"지혜를 얻는 것이 금을 얻는 것보다 얼마나 나은고!"
• 잠언 16장 16절 •

"늙기는 해도 어리석은 자는 되지 마라.
이제는 아름다운 몸이 아니라 아름다운 마음씨를 사랑하라."
• 홉스 Hobbes •

018 배우기를 멈추지 마세요.

인생이 매일 새로워집니다.

"남의 경험에서 무언가를 배우는 사람만큼 현명한 사람은 없다."
• 벤저민 프랭클린 Benjamin Franklin •

019 자연의 순리에 적응하는 방법을 배우세요.

순리를 억지로 거스르면 해가 됩니다.

"나의 평생에 선하심과 인자하심이 정녕 나를 따르리니."

• 시편 23편 6절 •

020 단출하게 살아가는 법을 익히세요.

우리의 생활 주변엔 없어도 될 것들이 많아요.

"가장 위대한 진리는 가장 단순하다."

• 톨스토이 Leo Tolstoy •

021 남을 먼저 생각하는 배려심을 키우세요.

모두가 그런 사람을 좋아합니다.

"사람은 인자함으로 남에게 사모함을 받느니라."

• 잠언 19장 22절 •

화려한 젊음보다
행복한 황혼이 아름답다

022 이웃에게 덕을 많이 베푸세요.

훗날에 반드시 예상치 못한 보상이 있습니다.

"오직 선을 행함과 서로 나눠주기를 잊지 말라."

• 히브리서 13장 16절 •

023 가끔 실수해도 당황하지 마세요.

이 세상에 완전한 사람은 없으니까요.

"의인은 없나니 하나도 없으며."

• 로마서 3장 10절 •

024 너무 낙심하지 마세요.

이 세상에는 아직 살 만한 이유들이 많이 있습니다.

"주께서 인생으로 고생하게 하시며 근심하게 하심은
본심이 아니시로다."

• 예레미야애가 3장 33절 •

025 '세월이 약'이라는 말은
여전히 진리입니다.

인생의 많은 문제는 세월이 지나면서 해결되었습니다.
시간이란 거의 모든 것을 치료합니다.

026 변하는 세상에서
변치 않는 믿음으로 사세요.

신뢰하고 신뢰받는 인생이 소중합니다.
변함없는 믿음으로 이루어진 인간관계가
인생을 풍요롭게 합니다.

"예수 그리스도는 어제나 오늘이나 영원토록 동일하시니라."

• 히브리서 13장 8절 •

화려한 젊음보다
행복한 황혼이 아름답다

내가
행복한
이유

처음 만나는 사람들에게 저를 소개해야 할 때가 있습니다.
그러면 저는 이렇게 말하고는 하지요.
"안녕하세요? 서로 상(相), 은혜 은(恩), 은혜 받은 행복한 여자
'이상은'입니다."
그러면 사람들이 묻지요.
"행복한 여자인 이유가 뭔가요?"
제가 행복한 이유를 말하면 사람들은 그 다음부터는 저를
'행복한 여자'라는 별명으로 기억합니다.

사람들은 누구나 행복한 삶을 꿈꾸며 오늘도 열심히 살아갑
니다. 그런데 그 행복이란 것은 마치 날개가 달린 것처럼 점
점 더 멀어져만 가는 것이 현실이기도 하지요. 하지만 나는
이 행복을 붙잡은 '행복한 여자'라고 자신 있게 말할 수 있

답니다.

여러분도 제가 행복한 이유를 한번 들어 보시겠어요?

대학 2학년 때였습니다. 어린 나이였지만 많은 갈등과 인생의 회의 속에서 고민하던 내게 생명의 근원이시며 삶의 주관자가 되시는 분이 찾아오셨습니다. 이후로 저는 많은 불평과 원망의 습관에서 벗어나 감사와 기쁨이 삶에 넘치는 것을 경험하게 되었습니다. 무엇보다도 냉랭하고 차갑던 내 가슴 속에 따뜻한 사랑의 불씨가 생기게 된 것이었지요. 나에게 이러한 놀라운 변화를 주신 분은 바로 예수 그리스도입니다. 그분을 만나게 된 것은 인생의 가장 큰 행운이었습니다. 이것이 첫 번째 이유이고, 두 번째 이유는 내 삶의 동반자들에 있습니다.

남편은 내가 '행복한 여자'라고 당당히 말할 수 있도록 해 준 좋은 배우자입니다. 그는 나와 같은 신앙을 갖고 부족한 나의 허물을 이해해 주는 따뜻한 사람이지요. 내가 뒤로 쳐져 있을 때는 자신의 발걸음을 늦추어 나를 이끌어 주고, 내가 너무 서둘러 허둥지둥하는 것 같으면 나를 붙잡고 보조를 맞추어 함께 걸을 수 있도록 도와줍니다. 방향을 잃고 당황해 할 때에는 함께 무릎을 꿇고 기도하며 격려해 주는 위로자가 되어 주기도 하지요.

좋은 부모님과의 만남은 하늘이 주신 귀한 축복이며, 분신과도 같은 두 아들은 우리 부부의 삶에 기쁨과 기적이 가득하도록 만들어 준 하나님의 놀라운 선물입니다. 이제는 부모 품을 떠나 스스로 가정을 일구어 가장의 역할을 잘 감당하고 있는 모습이 참 대견합니다. 아들들 덕분에 맞이한 두 며느리와 다섯 명의 손주들은 이제 남은 삶의 자랑입니다. 이렇게 귀한 만남으로 행복을 누리게 하시는 하나님의 은혜 덕분에 삶에는 감사가 넘치고 저는 '행복한 여자'가 되었지요.

내가 '행복한 여자'로 살 수 있는 세 번째 이유는 하나님이 주신 달란트로 사람을 섬기는 일을 할 수 있다는 것입니다. 할 일이 있다는 것은 삶의 활력소가 됩니다. 자신이 누군가에게 도움을 주고 있다는 사실은 삶의 존재 이유가 되기도 합니다. 오랜 시간 동안 사람들을 사랑하고 섬길 수 있는 상담 사역을 하면서 매 순간 보람을 느꼈고 그로 인해 행복했습니다.

행복은 어느 시인의 말처럼 먼 산 너머나 강 건너에 숨어서 사람들의 마음에 조바심을 불러일으키는 존재가 아닙니다. 오히려 우리의 손이 닿을 만한 곳, 우리의 희미한 눈으로 볼 수 있는 아주 가까운 곳에 있습니다.

〈라운폴 공의 꿈〉이라는 이야기가 있습니다.

한 남자가 예수께서 사용하셨다는 금잔을 찾아 전 세계 온 갖 곳을 헤맵니다. 하지만 어느 곳에서도 그 금잔을 찾을 수 없었지요. 나이 들고 가진 것 하나 없이 초라해진 그가 실패한 인생을 한탄하며 고향에 돌아왔습니다. 그런데 알고 보니 자기가 일생동안 허리춤에 매달고 다녔던 초라한 쪽박이 바로 그가 찾아 다녔던 예수님의 금잔이었습니다.

행복한 사람은 태어나는 것이 아닙니다. 스스로 행복을 만들어 가는 사람이 행복한 사람입니다. 저는 행복의 근원이 되는 비밀 열쇠인 그리스도를 발견하여 매일 그분과 동행하면서 행복한 인생을 살아왔습니다. 남은 인생도 마찬가지일 것입니다. 그러니 저는 그동안도, 앞으로도 '행복한 여자'라고 담대하고 당당하게 말할 수 있습니다.

027 매일 성장해 가도록 노력하세요.

성장은 일생이 걸린 긴 작업입니다.

"어리석은 자의 퇴보는 자기를 죽이며
미련한 자의 안일은 자기를 멸망시키려니와."
· 잠언 1장 32절 ·

028 봉사할 수 있는 일을 찾으세요.

삶의 보람을 느끼게 합니다.

029 하루에 한 가지씩
감사하는 습관을 만들어 보세요.

감사의 기적을 체험하게 될 것입니다.

030 덕담이 되는 훈훈한 말을 많이 하세요.

비방하거나 험담하는 미운 소리는 하지 마세요.

"선한 말은 꿀송이 같아서 마음에 달고
뼈에 양약이 되느니라."

• 잠언 16장 24절 •

031 이제부터는 남을 의식하지 마세요.

진짜 자기 자신의 삶을 살아가세요.

032 인생을 살아가면서 이해할 수 없는
것들이 너무나 많아요.

**풀리지 않는 인생의 어려운 문제들을
우리가 어찌 다 알 수 있겠어요?**

"사람의 걸음은 여호와로 말미암나니
사람이 어찌 자기의 길을 알 수 있으랴."

• 잠언 20장 24절 •

화려한 젊음보다
행복한 황혼이 아름답다

033 인생의 모든 무거운 짐을 내려놓으세요.

그동안 고단한 삶을 살아오셨어요.

"수고하고 무거운 짐 진 자들아 다 내게로 오라.
 내가 너희를 쉬게 하리라."
· 마태복음 11장 28절 ·

034 이제는 다 흘려보내고 용서하세요.

용서할 수 없는 것을 용서하는 것이 진짜 용서입니다.

"허물을 용서하는 것이 자기의 영광이니라."
· 잠언 19장 11절 ·

035 과거의 성공, 실패, 아쉬움, 괴로움을
다 잊어버리세요.

그런 것들은 이제 '옛날의 금잔디'가 되었습니다.

"뒤에 있는 것은 잊어버리고 앞에 있는 것을 잡으려고,
 푯대를 향하여 그리스도 예수 안에서
 하나님이 위에서 부르신 부름의 상을 위하여 달려가노라."
· 빌립보서 3장 13절 ·

036 내 안에 아직도 분노가 남아있다면 아낌없이 버리세요.

분노는 우리의 마음과 뼈를 상하게 합니다.

"어리석은 자는 자기의 노를 다 드러내어도
지혜로운 자는 그것을 억제하느니라."
· 잠언 29장 11절 ·

037 사소한 일에 삐치지 마세요.

나이들면 소심해집니다. 너그러운 어른이 되세요.

"사소한 일이 우리를 위로한다.
사소한 일이 우리를 괴롭히기 때문에."
· 파스칼 Pascal ·

038 본인 주장만 내세우지 말고 이제는 양보하세요.

이제는 다른 사람의 의견에도 귀를 기울여 주세요.

"오직 겸손한 마음으로 각각 자기보다 남을 낫게 여기고."
· 빌립보서 2장 3절 ·

화려한 젊음보다
행복한 황혼이 아름답다

039 말을 너무 많이 하지 마세요.

말이 많으면 실수를 많이 하게 됩니다.

"말이 많으면 허물을 면하기 어려우나
그 입술을 제어하는 자는 지혜가 있느니라."

• 잠언 10장 19절 •

"인간이란 생각하는 것이 적을수록 많이 지껄여댄다."

• 몬테스키 Montesquiou •

040 나만 옳다고 너무 고집부리지 마세요.

고집은 늙음을 상징하는 것 중의 하나입니다.

"스스로 지혜롭게 여기지 말지어다."

• 잠언 3장 7절 •

041 이기적인 사람이 되지 않도록
노력하세요.

자기밖에 모르는 사람은 가장 미숙한 어린아이와 같습니다.

042 자신의 연약함을 인정하세요.

겸손을 배우지 않으면 아무 것도 배우지 못합니다.

"여호와여 나의 종말과 연한이 언제까지인지 알게 하사
내가 나의 연약함을 알게 하소서."
· 시편 39장 4편 ·

043 작은 일에 너무 노여워하지 마세요.

사실 별것도 아니에요. 그냥 흘려보내세요.

"노하기를 더디 하는 자는 크게 명철하여도
마음이 조급한 자는 어리석음을 나타내느니라."
· 잠언 14장 29절 ·

044 과욕과 과식을 버리세요.

무엇이든지 과한 것은 자신을 망치게 합니다.

"나를 가난하게도 마옵시고 부하게도 마옵시고
오직 필요한 양식으로 나를 먹이시옵소서."
· 잠언 30장 8절 ·

화려한 젊음보다
행복한 황혼이 아름답다

045 목소리를 낮추세요.

나이가 들면 음성이 커집니다.

046 무슨 일이든지 솔직하세요.

진실만이 힘이 있습니다.

"만일 네 입술이 정직을 말하면 내 속이 유쾌하리라."
• 잠언 23장 16절 •

047 남의 얘기는 이제 그만 하세요.

그러나 칭찬하는 말이면 괜찮아요.

"두루 다니며 한담하는 자는 남의 비밀을 누설하나
마음이 신실한 자는 그런 것을 숨기느니라."
• 잠언 11장 13절 •

048 이해가 되지 않아도 그냥 좀 참아 주세요.

말로 다 설명할 수 없는 부분이 있어요.

049 항상 이기려고 하지 마세요.

지는 자가 이기는 자입니다.

"승자 뒤에는 패자가 있지만
사랑하는 자 옆에는 사랑받는 자가 있습니다."

050 종종 한 걸음 뒤로 물러나 주세요.

양보하면 사람들과 화목하게 지낼 수 있습니다.

051 내 말만 맞다고 우기지 마세요.

내가 틀릴 수도 있어요.

"사람이 교만하면 낮아지게 되겠고
마음이 겸손하면 영예를 얻으리라."
· 잠언 29장 23절 ·

052 인생의 허영심을 버리세요.

헛된 영광을 구하다가 인생을 망칠 수 있습니다.

"아무 일에든지 다툼이나 허영으로 하지 말고."
· 빌립보서 2장 3절 ·

화려한 젊음보다
행복한 황혼이 아름답다

053 공치사하지 마세요.

기껏 잘해 주고 모든 공功이 제로零가 됩니다.

054 남의 일에 참견하지 마세요.

그것은 지나가는 개의 귀를 잡는 것과 같아서
도리어 화를 당할 수 있습니다.

055 상대방을 비판하거나 무시하는 말을
삼가세요.

마음을 상하게 하는 그런 말을 들어서 좋을 사람은 없어요.

056 과거의 모든 자랑은 다 지나갔습니다.

중요한 것은 지금 이 순간Now and Here입니다.

057 어제의 추억으로 살지 말고
내일의 꿈을 위해 살아가세요.

꿈은 그것을 간직한 사람에게 날마다 새로운 날을 줍니다.

"너희 늙은이는 꿈을 꾸며."
· 요엘 2장 28절 ·

058 푸른 풀밭에 누워 눈을 감고
묵상을 해 보세요.

좋은 생각은 좋은 마음을 만들어 줍니다.

"여호와는 나의 목자시니 내게 부족함이 없으리로다.
그가 나를 푸른 초장에 누이시며 쉴 만한 물가로
인도하시는도다."
· 시편 23편 1 · 2절 ·

059 포기할 것은 과감하게 포기하세요.

진정으로 용기 있는 결단입니다.

060 자신의 인생을 다른 사람과
비교하지 마세요.

나만이 누릴 수 있는 특별한 인생입니다.

살아
볼 만한
인생

사계절의 맛을 느끼게 하는 자연의 아름다움이 신비합니다. 봄, 여름, 가을, 겨울의 사계절이 없다면 뜨거운 여름이 지나고 시원한 가을이 와도 감사를 알지 못할 것입니다. 또한 추운 겨울이 지나고 따뜻한 봄이 찾아왔을 때의 감격도 깨닫지 못할 것입니다. 봄이 지나면 여름이 오고 가을이 지나면 겨울이 옵니다. 자연의 섭리를 통해 인생에 펼쳐지는 사계절의 교훈을 배우게 됩니다.

불 같은 시련을 겪어도 시간이 지나면 어려움은 지나가고 대신 인내와 지혜를 얻은 것을 깨닫게 됩니다. 아픈 만큼 성숙해지는 것을 경험하는 것이지요. 옛 어른들이 "세월이 가장 좋은 약이다."라고 했던 말씀이 생각납니다.

잘못된 결혼으로 인해 마음에 깊은 상처를 받고 후회와 좌절로 고통 받고 있던 자매와 상담을 하고 나서 나 또한 마음이 아팠던 적이 있습니다. 그런데 얼마 후 만난 그 자매는 다행스럽게도 많이 밝아진 모습으로 나타났습니다. 게다가 자신을 돌아보는 시간을 갖던 중에 자신의 숨겨진 재능을 발견하여 예술 공부를 하면서 바쁘게 지내고 있었습니다. 그렇게 아팠던 고통도 잊어버릴 만큼 공부에 푹 빠져 재미있는 삶을 살고 있었던 것이지요.

평범한 결혼을 기대했지만 그 꿈은 이루지 못했습니다. 하지만 그것에 불평하지 않고, 다른 새로운 꿈을 갖게 되면서 감사하며 즐겁게 사는 모습이 보기에 정말 좋았습니다.

살기 힘든 세상에서 온전하게 모든 것을 누리면서 살아가기는 쉬운 일이 아니지요. 그래도 그것을 견뎌 내면 소망의 닻이 보입니다. 높은 절벽에서 떨어질 것 같은 위기에서도 절망하지 말고 하나님이 내미는 도움의 손을 붙잡아 다시 일어설 수 있는 용기를 얻을 수 있습니다.

계곡이 깊을수록 산이 아름답고 거친 돌들이 있어 물 흐르는 소리가 웅장합니다. 밋밋한 평지보다 굴곡이 많은 산길이 산행의 즐거움을 더 느낄 수 있게 합니다. 너무 편하고 안일한 삶은 이야기가 없습니다. 오히려 사연이 많은 사람들을 통하여 인생의 깊은 뜻을 생각하게 됩니다.

큰 화상으로 새로운 인생을 살게 된 지선이를 만났습니다.
사고 나기 전에 그렇게 예쁜 지선이의 사진을 보면서 너무
나 안타까웠습니다. 그러나 지금은 누구보다도 행복한 삶을
살고 있다고 자신 있게 말하고 있습니다. 인생은 아무리 힘들
어도 한 번 살아 볼 만하다고 말씀하신 어떤 분의 의미 있는
유언이 생각납니다. 고난을 많이 겪은 사람들을 통해 인생의
도전과 교훈을 배우게 됩니다.

"고난 당한 것이 내게 유익이라.
 이로 말미암아 내가 주의 율례들을 배우게 되었나이다."
• 시편 119편 71절 •

"너희를 향한 나의 생각은 내가 아나니 평안이요 재앙이 아니니라.
 너희에게 미래와 희망을 주는 것이니라.
 너희가 내게 부르짖으며 내게 와서 기도하면
 내가 너희들의 기도를 들을 것이요,
 너희가 온 마음으로 나를 구하면 나를 찾을 것이요 나를 만나리라."
• 예레미야 29장 11~13절 •

061 친구를 적극적으로 사귀세요.

인생이 더욱 풍성해집니다.

"어떤 친구는 형제보다 친밀하니라."

• 잠언 18장 24절

"친구를 갖는 것은 또 하나의 인생을 갖는 것이다."

• 그라시안 Gracián •

062 상대방의 말을 주의 깊게 들어 주세요.

들을 때에는 맞장구를 쳐 주세요!
(아하! 그랬군요, 저런, 쯧쯔...)

063 화해자 peace maker 가 되세요.

환영받는 사람이 됩니다.

"화평을 의논하는 자에게는 희락이 있느니라."

• 잠언 12장 20절 •

064 어느 누구와도 싸우지 마세요.

서로 상처만 남깁니다.
대신, 함께 이기는 법을 배우세요.

"분을 쉽게 내는 자는 다툼을 일으켜도
노하기를 더디 하는 자는 시비를 그치게 하느니라."
• 잠언 15장 18절 •

065 선한 일에 힘쓰세요.

가치 있는 인생을 위한 귀한 투자입니다.

"구제를 좋아하는 자는 풍족하여질 것이요
남을 윤택하게 하는 자는 자기도 윤택하여지리라."
• 잠언 11장 25절 •

066 고아와 과부를 돌보세요.

하나님이 많이 기뻐하십니다.

067 모험을 즐기세요.

**죽기 전에 꼭 하고 싶은 일을 적는
버킷 리스트bucket list를 작성해 보세요.**

"사람이 무언가를 추구하고 있는 한 절대로 노인이 아니다."

• 진 로스탠드 jean rostand •

068 자서전을 써 보세요.

인생을 뒤돌아보는 좋은 기회가 됩니다.

069 틀린 것이 아니라
서로 다르다는 것을 인정하세요.

그래야 세대 차이를 극복할 수 있어요.

070 잘못했을 경우 핑계 대지 마세요.

남의 탓은 그만 하세요. 내 탓입니다.

071 이제는 아무도 미워하지 마세요.

미움 때문에 마음의 병이 생깁니다.

"미움은 다툼을 일으켜도 사랑은 모든 허물을 가리느니라."
• 잠언 10장 12절 •

072 사람을 믿지 말고 그냥 사랑하세요.

사람은 믿음의 대상이 아니라 사랑 받아야 할 존재입니다.
수시로 변하는 것이 사람의 마음입니다.

"만물보다 거짓되고 심히 부패한 것은 마음이라."
• 예레미야 17장 9절 •

073 과장이나 덧붙이는 말을 삼가세요.

자칫 거짓말쟁이가 될 수 있어요.

074 신용이 떨어지는 행동은 하지 마세요.

믿음은 한 번 망가지면 회복하기 어렵습니다.

화려한 젊음보다
행복한 황혼이 아름답다

075 약속은 반드시 지키세요.

지킬 수 없는 약속은 하지 마세요.

076 자신이 한 말에 책임을 지세요.

인격은 책임 능력입니다.

"사무엘이 자라매 여호와께서 그와 함께 계셔서
그의 말이 하나도 땅에 떨어지지 않게 하시니."

• 사무엘상 3장 19절 •

077 너무 빨리 포기하거나 체념하지 마세요.

**오뚝이처럼 다시 일어나 계속하세요.
할 수 있습니다.**

078 갑자기 사람이나 사물의 이름이
생각나지 않을 수 있어요.

괜찮아요. 젊은 사람들도 그래요!

079 급한 일에 부딪히면 당황합니다.

심호흡을 크게 하고 마음의 안정을 위해 "하나, 둘" 세어 보세요.

080 사람들이 말한 것을 못 알아들어서 다시 물을 때가 있어요.

그럴 수도 있지요! 그러나 너무 여러 번 물어보지는 마세요.

081 까칠하게 성질내지 마세요.

자기만 스스로 외로워집니다.

"노하기를 속히 하는 자는 어리석은 일을 행하고."

• 잠언 14장 17절 •

화려한 젊음보다
행복한 황혼이 아름답다

082 불쌍히 여기는 마음을 가지세요.

그러면 모든 것이 용서가 됩니다.

"서로 친절하게 하며 불쌍히 여기며 서로 용서하기를
하나님이 그리스도 안에서 너희를 용서하심과 같이 하라."
• 에베소서4장 32절 •

083 남의 말에 너무 흔들리지 마세요.

나이가 들면 판단력이 흐려지기 쉽습니다.

084 "이거", "저거", "그거" 하지 말고
정확하게 말하세요.

사람들이 못 알아들어요!

085 주위 사람들과 좋은 관계를 가지세요.

**상대방의 좋은 점만 기억하세요.
사람은 더불어 살아가야 합니다.**

086 친구들과 멋진 여행을 계획해 보세요.

삶에 새로운 에너지가 생깁니다.
여행은 사람을 순수하고 겸손하게 만들어 줍니다.

"여행과 변화를 사랑하는 사람은 생명이 있는 사람이다."
• 바그너 Wagner •

"여행은 그대에게 세 가지 유익을 가져다준다.
타향에 대한 지식, 고향에 대한 애착, 자신에 대한 발견이다."
• 브하그완 Bhagwan •

087 마음이 통하는 사람들과 동우회를 만들어 보세요.

혼자보다 함께 할 때 더 많은 것을 이룰 수 있습니다.

"지혜로운 자와 동행하면 지혜를 얻고
미련한 자와 사귀면 해를 받느니라."
• 잠언 13장 20절 •

088 주위에 나이든 사람을 찾아가서 함께 위로해 주세요.

인생의 동무가 생길 겁니다.

화려한 젊음보다
행복한 황혼이 아름답다

좋은
만남

오랜만에 우연히 후배를 만났습니다. 서로 하나도 변하지 않았다고 강조하면서 세월의 흐름도 망각하고 대학시절의 기분을 되살리니 수다의 꽃이 만발하였습니다. 그동안 어디에 꼭꼭 숨어 있었는지, 해도 해도 끝이 없는 그 많은 이야기들 덕분에 시간 가는 줄도 몰랐습니다.

학창시절의 즐겁고 재미있던 추억들을 들춰내고, 다시 돌아갈 수 없는 시간들을 아쉬워하며 헤어졌습니다. 나이가 들어갈수록 사람들은 지나간 옛날이야기를 많이 한다고 하더니 바로 우리가 그랬습니다. 그래도 우리는 즐거웠습니다. 재미있는 추억들을 나누며 행복했습니다. 노년의 즐거움은 바로 이런 기쁨을 맛보는 것이라 생각했기 때문입니다. 노년에 이런 아름다운 추억거리가 없다면 서글픈 인생이 될 것입니다.

행복한 인생에 가장 중요한 것이 좋은 만남이라고 생각됩니다. 좋은 사람과의 만남은 삶을 풍요롭게 해 줍니다. 좋은 만남은 행복한 추억거리를 남기게 합니다. 그 사람을 만나면 마음이 편해지면서 함께 있는 시간이 즐거워 또 만나고 싶어집니다. 소위 말이 통하고 코드가 잘 맞는 사람들입니다. 서로 좋아하는 사람들과 만나서 기쁨을 나누는 것은 소중한 추억이 됩니다.

그러나 잘못된 만남은 인생을 피곤하게 합니다. 부정적이며 불평이 많은 사람을 만나는 것만큼 인생을 힘들게 하는 것은 없습니다. 너무나 힘들고 불편한 인간관계로 인생을 살아간다면 얼마나 아쉬움이 남을까요? 생각만 해도 쓸쓸하고 외로운 노후가 될 것입니다.

나그네와 같은 외로운 이민자의 삶에 주어지는 좋은 만남은 사막에서 오아시스를 만난 것처럼 기쁨과 활력을 줍니다. 잠깐 누리는 이 세상에서 좋은 만남은 영원을 향해 달려가는 외로운 동행자들에게 정말 귀한 선물입니다. 좋은 인간관계를 잘 유지하며 살아가는 사람들은 정말 행복합니다. 사랑하는 사람들과의 만남을 생각하면 참으로 감사할 뿐입니다. 음식은 먹어 봐야 알고 사람은 사귀어 봐야 안다는 말을 많은 사람들을 만나면서 실감합니다. 음식은 오래되면 상하기 쉬운데 사람은 오래 사귈수록 더욱 그 사람의 진가를 알게 됩니다. 세월이 흘러도 변치 않는 사랑하는 사람들의 소중함이 더욱 귀하게 느껴집니다.

나이가 들어가면서 지나온 삶을 뒤돌아보니 좋은 만남을 통해 만난 귀한 사람들이 내 인생을 풍요롭게 해 준 큰 축복이라는 생각이 듭니다. 노후에는 자식을 의지하고 시간을 보내기보다는 이렇게 서로 마음에 맞는 좋은 친구들과 함께 시간을 보내는 것이 더 멋지고 행복한 삶이 될 것입니다.

089 무늬만 화려한 그런 인생은 그만 사세요.

겉보다 속이 더 아름다워야 합니다.

"사람은 외모를 보거니와 나 여호와는 중심을 보느니라."

• 사무엘상 16장 7절 •

090 너무 권위를 내세우지 마세요.

진정한 권위는 자연스럽게 우러나는 것이 아닌가요?

091 말을 부드럽게 하세요.

말 한마디로 천 냥 빚을 갚는다고 했습니다.
사람을 편하게 해 주는 온유한 마음이 전해집니다.

"유순한 대답은 분노를 쉬게 하여도
과격한 말은 노를 격동하느니라."

• 잠언 15장 1절 •

092 모든 일에 성실하세요.

부지런하게 사는 사람에게는 풍요함이 따라옵니다.

"네가 자기의 일에 능숙한 사람을 보았느냐,
이러한 사람은 왕 앞에 설 것이요 천한 자 앞에 서지 아니하리라."

• 잠언 22장 29절 •

093 자원봉사는 멋진 삶입니다.

도움을 주기보다는 오히려 도움을 받게 됩니다.

094 모든 사람에게 관용을 베푸세요.

넓은 가슴만이 모든 사람을 품을 수 있습니다.

"너희 관용을 모든 사람에게 알게 하라. 주께서 가까우시니라."
• 빌립보서 4장 5절 •

095 마음의 문을 넓히고 귀를 열고 사세요.

행복함을 느끼게 하는 인간관계의 열쇠입니다.

"누구든지 내 음성을 듣고 문을 열면 내가 그에게로 들어가
그와 더불어 먹고 그는 나로 더불어 먹으리라."
• 요한계시록 3장 20절 •

096 부드러운 눈길로 바라보세요.

선한 눈빛이 사람의 마음을 따뜻하게 해 줍니다.

"선한 눈을 가진 자는 복을 받으리니."
• 잠언 22장 9절 •

화려한 젊음보다
행복한 황혼이 아름답다

097 많이 격려해 주세요.

작은 격려의 한 마디가 희망의 불씨가 됩니다.

098 모든 사람에게 친절하세요.

모두에게 사랑받는 비결입니다.

099 따지지 말고 그냥 넘어가 주세요.

이해하고 넓은 마음으로 받아 주세요.

"너희 안에 이 마음을 품으라, 곧 그리스도 예수의 마음이니."

• 빌립보서 2장 5절 •

100 너무 나서지 마세요.

잘난 척하는 사람은 환영받지 못합니다.

"교만이 오면 욕도 오거니와 겸손한 자에게는 지혜가 있느니라."

• 잠언 11장 2절 •

101 아무에게나 충고하려고 하지 마세요.

잘 받아들이려고 하지도 않고 오히려 화를 당할 수도 있습니다.

102 마음을 비우세요.

부족한 대로, 불편한 대로, 없는 대로 사세요.

"너희 중에 누구든지 지혜가 부족하거든
모든 사람에게 후히 주시고 꾸짖지 아니하시는 하나님께 구하라,
그리하면 주시리라."
• 야고보서 1장 5절 •

103 명상을 많이 하세요.

뇌의 알파파가 증가되어 긴장을 풀어 줍니다.

104 이제는 원망을 그치세요.

오히려 소망, 희망, 열망을 갖고 사세요.

"이것을 내가 내 마음에 담아 두었더니
그것이 오히려 나의 소망이 되었사옴은
여호와의 자비와 긍휼이 무궁하시므로."

• 예레미야애가 3장 21~22절 •

105 넋두리나 신세타령은 이제 그만하세요.

한가하면 차라리 잡초를 뽑으세요.

106 아무에게도 욕은 하지 마세요.

부메랑같이 돌아올 수도 있어요.

"샘이 한 구멍으로 어찌 단 물과 쓴 물을 내겠느냐."

• 야고보서 3장 11절 •

107 화를 자주 내지 마세요.

몸에 독소가 생기며 수명이 단축됩니다.

"노하기를 더디 하는 것이 사람의 슬기요."

• 잠언 19장 11절 •

108 불평은 그만 하세요.

불행하게 만드는 나쁜 습관입니다.

"항상 기뻐하라. 쉬지 말고 기도하라. 범사에 감사하라."

• 데살로니가전서 5장 16~18절 •

109 마음도 깨끗이 청소를 하세요.

낡은 생각들은 다 쓸어버리세요.

"마음의 정결을 사모하는 자의 입술에는 덕이 있으므로
임금이 그의 친구가 되느니라."

• 잠언 22장 11절 •

110 분수에 맞게 사세요.

지나침은 모자람보다 못합니다.

111 염려를 내려놓으세요.

염려해서 되는 일은 하나도 없습니다.

"내일 일을 위하여 염려하지 말라.
내일 일은 내일이 염려할 것이요,
한 날의 괴로움은 그 날로 족하니라."

· 마태복음 6장 34절 ·

112 움켜쥐지 말고 손을 활짝 펴세요.

주머니를 열어야 사람들의 마음이 열립니다.

"네가 어찌 허무한 것에 주목하겠느냐.
정녕히 재물은 스스로 날개를 내어
하늘을 나는 독수리처럼 날아가리라."

· 잠언 23장 5절 ·

113 너무 인색하게 살지 마세요.

거지도 가진 돈 다 쓰지 못하고 떠난답니다.
살아 있는 동안 지혜롭게 돈을 다 쓰거나 나누어 주세요.

"몽땅 다 쓰고 죽어라Die Broke!"

• 스테판 폴란 Stephen Pollan, 마크 레빈 Mark Levin •

114 돈을 침대 밑에 감추지 마세요.

어디에 두었는지 나중에는 기억도 못합니다.

115 보물은 하늘에 쌓아 두세요.

그곳이 가장 안전합니다.

"네 보물이 있는 그 곳에는 네 마음도 있느니라."

• 마태복음 6장 21절 •

116 인생의 후반전이 더 중요합니다.

끝이 좋으면 다 좋아 보입니다.

화려한 젊음보다
행복한 황혼이 아름답다

117 이 세상에 공짜는 없습니다.

열심히 수고해야 열매를 거둘 수 있습니다.

"사람이 무엇으로 심든지 그대로 거두리라."

• 갈라디아서 6장 7절 •

118 무슨 일이든지 마무리가 중요합니다.

"끝이 반이다."라는 말을 기억하세요.

더욱
사랑하게
하소서!

사랑받을 만한 것이 없어도
더욱 사랑하게 하소서.

미운 짓만 골라서 할지라도
더욱 사랑하게 하소서.

나를 싫어하는 사람이라도
더욱 사랑하게 하소서.

마음에 부담이 될지라도
더욱 사랑하게 하소서.

진정한 사랑에는 조건이 없고
진정한 사랑은 보상을 바라지 않습니다.

2부

이제부터
인생을
즐겁게

119 내 안에 있는 숨겨진 재능을 찾으세요.

아직 발견하지 못한 보석이 남아 있습니다.

"각양 좋은 은사와 온전한 선물이
다 위로부터 빛들의 아버지께로부터 내려오나니."
• 야고보서 1장 17절 •

120 유머를 배워 사용해 보세요.

유머는 힘든 시간을 극복하게 해 줍니다.

121 나만을 위한 공간을 만들어 보세요.

새로운 분위기로 활기가 생기게 됩니다.

122 즐겁게 노는 방법을 찾으세요.

놀 줄 아는 사람은 늙지 않습니다.

화려한 젊음보다
행복한 황혼이 아름답다

123 인터넷 사용하는 법을 배워
활용해 보세요.

많은 정보들이 넘치고 있어 또 다른 세상을 볼 수 있습니다.

124 스마트 폰으로 사진을 찍어보세요.

새로운 즐거움이 생깁니다.

125 지역 문화 교실에 참여하여
열심히 배우세요.

죽을 때까지 배워야 합니다.

"나는 성장할 수 있는 한 계속 살고 싶다.
그러나 성장의 법칙이 적용되지 않을 때는 기꺼이 떠날 것이다."

• 엘리자베스 배럿 브라우닝 Elizabeth Barrett Browning •

126 하고 싶었던 공부를 지금 시작하세요.

공부하는데 너무 늦은 나이는 없습니다.

"열정을 잃고 사는 사람이 최고로 늙은 사람이다."
• 헨리 데이빗 소로우 Henry David Thoreau •

127 외국어 하나 배우기를 새로 시작해 보세요.

90세에 영어학원에 다니시는 분도 계십니다.

128 취미 생활을 찾아 즐기세요.

새로운 기쁨을 맛보게 됩니다.

129 독서 클럽을 만들어 보세요.

좋은 책들을 서로 소개하고 나눌 수 있습니다.

화려한 젊음보다
행복한 황혼이 아름답다

130 가끔은 흘러간 명화를 감상해 보세요.

친구도 옛 친구가 더 좋다고 합니다.

131 들꽃을 화병에 꽂아 보세요.

상큼한 기분을 맛보게 될 거예요.

132 애완용 동물을 키우세요.

좋은 대화 상대가 됩니다.

133 휴식을 즐기세요.

삶의 재충전이 필요합니다.

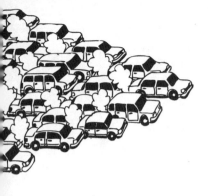

134 너무 나이 들어 단체관광 따라가는 것은 나와 동행자에게도 무리입니다.

모두가 부담 없는 여행을 하세요.

135 도로에서 질서를 지키세요.

아무데서나 건너지 마시고 횡단보도로만 건너세요.

136 길거리에서 뛰지 마세요.

무슨 큰일이라도 났나요?

137 너무 빨리 운전하지 마세요.

5분 빨리 가려다 50년 먼저 간답니다.

화려한 젊음보다
행복한 황혼이 아름답다

138 새치기하지 마시고 순서를 기다리세요.

조금만 참으면 내 차례가 반드시 옵니다.

139 출퇴근 시간에는
복잡한 시내에 나가지 마세요.

혼잡한 상황에서 다칠 수 있습니다.

140 주말에는 극장이나 번잡한 곳을
젊은 사람들에게 양보하세요.

우리는 평소에 시간이 많이 있잖아요.

141 메모하는 습관을 가지세요.

뇌가 젊어집니다.

"기록은 기억을 남긴다."
• 발타사르 그라시안 Baltasar Gracián •

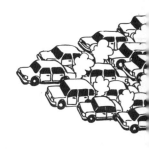

142 일기를 매일 써 보세요.

매일 100자 이상 글을 쓰면 기억력이 좋아집니다.

143 매일 영어 단어 하나씩 외워 보세요.

치매 예방에 도움이 됩니다.

144 항상 음악을 들으세요.

뇌파가 살아납니다.

145 산책을 즐기세요.

마음의 모든 잡념이 사라집니다.

146 낯선 것에 도전해 보세요.

새로운 자극이 되어 뇌세포에 활력을 줍니다.

화려한 젊음보다
행복한 황혼이 아름답다

147 씨앗을 심어 채소밭을 만들어 보세요.

열매를 보면서 인생을 배우게 됩니다.

148 꽃밭을 만들어 가꾸어 보세요.

주변이 아름다워지면 마음까지도 아름다워집니다.

149 생일잔치 대신 어려운 이웃을 돕는 방법을 생각해 보세요.

마음가짐이 선물의 크기보다 더 중요합니다.

150 집안의 조명은 밝게 하세요.

불빛이 어두우면 마음도 침침해집니다.

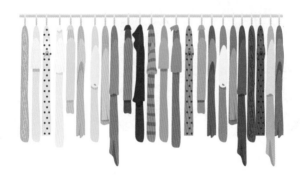

151 옷을 자주 갈아입으세요.

새 옷을 아끼지 말고 마음껏 멋을 부리세요.

화려한 젊음보다
행복한 황혼이 아름답다

152 몸을 항상 깨끗하게 하세요.

사람들은 냄새에 민감합니다.

153 향수를 너무 강하게
많이 뿌리지 마세요.

차라리 은은한 바디 로션을 사용하세요.

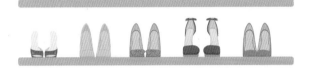

154 식사 초대에는
향수를 뿌리고 가지 마세요.

차려 놓은 음식 맛에 방해가 됩니다.

155 외출할 때에는 옷을 깔끔하게 입으세요.

이왕이면 색깔도 맞춰서 세련되게 단장하세요.

156 뷔페 식당에 가서 음식을 싸오지 마세요.

음식이 부패하여 상하기 쉽습니다.
내가 먹은 음식이 내 몸이 됩니다.

157 공짜 선물에 속지 마세요.

공짜 좋아하다가 오히려 큰 손해를 볼 수도 있습니다.

158 요리, 청소, 세탁은 스스로 하세요.

내가 살아가는 맛을 느끼게 됩니다.

159 음식 만들기를 즐기세요.

한 달에 한 번은 새로운 요리를 시도해 보세요.

화려한 젊음보다
행복한 황혼이 아름답다

160 왈츠를 배워 보세요.

음악에 맞춰 춤을 추면 행복감이 넘쳐 우울증이 도망갑니다.

161 피아노를 배우세요.

좌뇌, 우뇌 다 사용하므로 뇌의 활동이 활발해집니다.

162 노래를 자주 부르세요.

해피 바이러스Happy virus가 퍼집니다.

163 시를 읽고 써 보세요.

창의력이 개발됩니다.

164 신문을 자주 읽으세요.

시대의 흐름을 읽을 수 있습니다.

"너희가 천지의 기상은 분간할 줄 알면서
어찌 이 시대는 분간하지 못하느냐?"
· 누가복음 12장 56절 ·

165 다큐멘터리^{documentary}와 퀴즈^{quiz} 프로를 보세요.

뇌가 젊어집니다.

166 친구와 전화 통화를 자주 하세요.

유익한 수다는 서로에게 활력소가 됩니다.

167 그림을 그리세요.

화가는 치매에 걸리지 않는답니다.

화려한 젊음보다
행복한 황혼이 아름답다

168 성경을 소리 내어 읽으세요.

내 목소리를 듣는 것은 내 영과 뇌를 깨어나게 합니다.

169 책 읽는 것을 즐기세요.

책을 통해서 지혜를 배웁니다.

"삶에서 가장 좋은 일은 역시 독서다."

· 장위안지 張元濟 ·

기대되는
선물

아름다운 자연에서 사는 즐거움을 누리는 것은 창조주로부터 받은 큰 선물입니다. 이곳 남부 캘리포니아는 1월에도 하얀 들꽃을 비롯해 노랗고 핑크빛으로 물든 여러 가지 예쁜 꽃들을 볼 수 있습니다. 게다가 날씨가 따뜻한 곳에 살기 때문인지 사람들의 성격이 조금은 느긋한 것 같습니다. 날씨 덕분에 자주 마음의 여유를 갖고 좋은 책을 읽고 나면 큰 수확을 얻은 것처럼 갑자기 마음이 부자가 됩니다. 나는 그 책 내용을 음미하면서 여러 날 행복에 빠져 봅니다.

근래에 읽은 책 중에 흥미로운 내용이 있었습니다. 저자가 유학생활을 하면서 가장 힘들었던 때 어느 날, 친구로부터 선물을 받고 새 힘을 얻었다는 내용이었습니다. 그가 받은 '선물'이 내 마음을 사로잡았습니다.
저자가 받은 선물 안에는 30개의 봉투가 들어 있었는데 하루에 한 개씩만 열어 봐야 한다고 했습니다. 하루에 한 개씩만 열어 볼 수 있던 봉투 안에는 하나님이 주신 놀라운 약속의 말씀과 친구의 사랑이 가득 담긴 격려의 편지와 함께 달콤한 사탕이 들어 있었습니다. 덕분에 그는 어려운 유학시절을 잘 보내고 무사히 귀국했습니다.

나는 그 글을 읽으면서 친구의 지혜에 놀라고 감탄했습니다. 책을 많이 읽어야 하는 이유를 깨달았고 끊임없이 배워야 한다는 생각이 강하게 들었습니다.

생각해보니 나도 이미 하나님으로부터 매해 365개의 선물을 받고 있다는 사실을 깨닫게 되었습니다. 그러자 매일 하나씩 선물을 풀어보는 벅찬 기대감이 솟아났습니다. 선물만큼 사람의 마음을 기쁘게 하는 것이 또 있을까요? 누구나 다 선물을 좋아합니다. 아무리 포장을 예쁘게 하였어도 안에 들어 있는 선물에 대한 기대로 포장을 빨리 풀어보게 됩니다. 그 순간에 누리는 기쁨이 사실은 가장 좋은 선물이며 행복한 시간입니다. 그래서 선물이 무엇인지 미리 다 알면 재미가 없는 것이지요.

우리의 인생도 내일 일어날 일을 다 알고 있다면 삶의 의미는 사라질 것입니다. 내일에 대한 미지의 기대감이 우리의 인생을 설레게 합니다. 하나님이 선물로 주신 오늘 하루를 포장된 선물을 풀어가는 마음으로 맞이한다면 하루하루가 얼마나 기대 될까요?

사람이 내일에 대한 소망과 기대를 갖지 않는다면 인생은 삭막해질 것입니다. 하루하루가 하나님의 선물이라고 생각하며 새벽을 깨우니 정말 신 나는 하루가 기대됩니다.

오늘 내가 만나는 사람, 오늘 내가 할 수 있는 일들, 오늘 내가 누리는 건강, 이 모든 자연의 기쁨들을 선물로 주신 그분께 감사를 드릴 수밖에 없습니다.

행복한 삶을 사는 데에 특별한 비결은 없습니다. 이런 긍정적이며 창의적인 생각이 우리 삶을 행복하게 만드는 비결입니다. 행복은 내가 만들어 갈 수 있습니다. 우울하고 부정적인 생각들은 훌훌 떨쳐버리고 좋은 생각으로 하루를 시작해야겠습니다.

인생은 내가 마음먹은 대로 풀리지 않을 때도 있고 낙심될 때도 분명히 있지만 마음을 새롭게 열고 내일의 선물을 기대해 봅니다. '내일은 또 무슨 새로운 선물이 준비되어 있을까?' 이런 기대가 바로 희망의 내일을 기다리게 합니다. 꿈이 인생에 힘을 불어넣어 줍니다. 아이들이 생일이나 크리스마스 때 선물을 기대하고 꿈을 꾸며 잠자리에 드는 것처럼 나도 어린아이처럼 선물을 기다리는 꿈을 매일 지속적으로 꾸고 싶습니다. 사람은 사랑을 먹고 성장할 뿐 아니라 꿈을 먹어야 생기가 솟기 때문입니다.

170 오래된 사진들을 정리하세요.

우리에게는 소중한 추억이지만 가져갈 수 없어요.

171 옷, 가방, 액세서리 등 아끼는
물건들을 나눠주세요.

살아 있을 때 나눠 주면 선물이지만
죽은 후에는 폐물이 되고 맙니다.

172 은퇴자금은 안전한 방법으로
관리하세요.

자녀들에게 몽땅 주겠다는 생각은 하지 마세요.

화려한 젊음보다
행복한 황혼이 아름답다

173 재산 정리를 확실하게 잘 해 놓으세요.

가장 중요한 일이니 미루지 마세요.
생전에 잘 정리하여 가난하게 죽는 것이
자녀와 사회에 도움이 됩니다.

174 즐거움을 위해 돈을 아끼지 마세요.

그만한 가치가 있어요.

175 너무 아끼지 마시고
원하시는 것을 사세요.

이제는 궁상떠는 일은 그만 하세요.

176 무리한 일은 그만 하세요.

몸이 망가지기 전에 잠시 멈추세요.

177 외출할 경우에는
가스와 문 등을 꼭 점검하세요.

불의의 사고를 막는 길입니다.

178 기계 다루는 것을 겁내지 마세요.

시도해 보면 별 것 아니에요.

179 새로운 물건에 불편함을 느끼시나요?

한번 사용해 보면 편리합니다.

화려한 젊음보다
행복한 황혼이 아름답다

180 불필요한 물건이나 너무 오래된 것들은 버리세요.

어차피 세상을 떠날 때는 다 버려야 하잖아요.

"버리고 갈 것만 남아서 참 홀가분하다."
• 박경리 •

181 뜨개질을 하면 시간이 빠르게 지나갑니다.

이웃을 위한 정성 들인 귀한 선물을 만들 수 있어요.
손끝을 많이 움직이면 뇌를 활기 있게 만들어 줍니다.

182 TV를 너무 오래 보지 마세요.

뇌세포가 죽어 갑니다.

183 가까운 도서관에 가세요.

지식의 부자가 되는 느낌이 듭니다.

184 박물관과 수족관을 관람해 보세요.

시간 보내기에 유익한 장소입니다.

185 가끔은 재래시장에 가 보세요.

사람 사는 냄새가 물씬 나는 곳입니다.

단순하게
살아요

많은 사람들이 행복하기 위하여 열심히 살아갑니다. 사람마다 추구하는 가치관에 차이가 있기 때문에 행복이라는 것도 차이가 있을 수 있지요. 어떤 사람은 아침에 건강하게 일어나서 무탈하게 하루를 보내는 것을 행복한 삶이라고 생각합니다. 하지만 많은 사람들이 그렇게 단순하게 살아가는 기쁨으로는 만족하지 못합니다. 그러기에는 이 세상이 너무나 복잡하고 많은 갈등을 안고 있으니까요.

많은 사람들이 다른 사람보다 더 많이 가져야 하고, 더 많이 알아야 하고, 더 많이 누려야 행복해진다고 생각합니다. 세상도 원대한 꿈, 성공, 승리, 성취를 이루기 위하여 도전적인 삶을 살아야 한다고 강조합니다. 우리는 젊음을 추구하고 실력과 힘이 없으면 살아남기 어려운 세상에 살고 있습니다.

어느 날 〈이것이 인생이다〉라는 TV 프로그램을 보았습니다. 우리가 이름도 몰랐던 한 여인이 힘겹게 살아가는 삶을 진솔하게 조명하며 잔잔한 감동을 주는 프로그램이었습니다. 세상에서 성공했다고 추켜세워주고 올려다보지도 못할 만큼 대단한 업적을 이룬 사람들의 이야기보다 실패를 견디고 극복해 낸 사람들의 이야기가 마음에 더 진한 감동을 전해 주었습니다.

이 세상은 외형적으로 성공한 사람들의 이야기에 관심이 많습니다. 그러나 우리 주위에는 힘들고 아프고 외로운 인생이지만 그래도 성실하게 하루를 살아가는 사람들이 많이 있습니다. 특히 사랑하는 가족을 위하여 어떠한 수고도 아끼지 않고 헌신적으로 살아가는 아름다운 사람들의 이야기는 우리의 가슴을 뭉클하게 하며 마음에 진동을 느끼게 합니다. 희생 없는 성공은 감동이 별로 없습니다.

사람들은 희생이라는 단어를 좋아하지 않습니다. 마치 손해를 보는 것 같고 바보처럼 느껴진다고도 합니다. 하지만 희생은 결코 그런 것이 아닙니다. 잃는 것이 있으면 얻는 것도 있듯이 얻는 것이 있으면 잃는 것도 있게 마련입니다. 하나도 손해 보지 않으려고 이기적으로 살게 되면 얼마나 피곤한 인생이 될까요?

너무 많이 가지려고 안달하고 하나도 잃지 않으려고 애를 쓰다 보면 인생이 무척 고단해집니다. 때로는 손해도 볼 줄 알고 가진 것을 양보하기도 하면서 넉넉한 마음으로 살아갈 수 있다면 좋겠습니다.

복잡한 인생살이를 간단하게 살아가는 것이 잘 사는 방법입니다. 많이 복잡한 세상이지만 단순하게 살아간다면 인생이 더 행복해지고, 자신의 유익보다 다른 사람의 유익을 먼저 생각하면 인생이 더 풍요로워집니다.

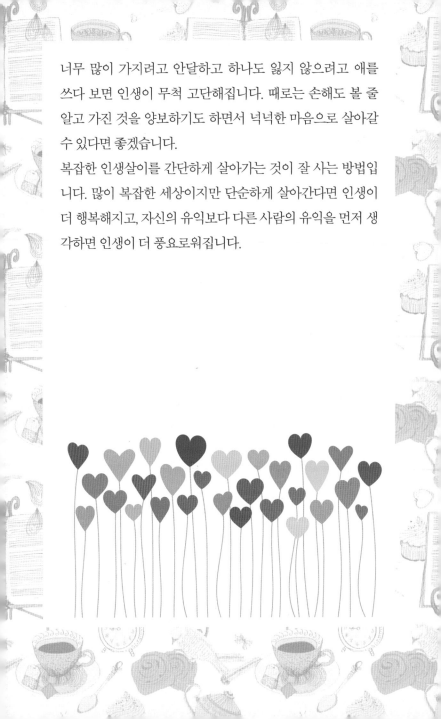

3부

몸이
건강해야
노년이
행복하지요

186 건강관리를 잘 하세요.

건강을 잃으면 다 잃는 것입니다.

187 스트레스를 날려 버리세요.

만병의 근원이에요

"삶은 거울과도 같다.
당신이 웃으면 따라 웃고 당신이 울면 따라 운다."

• 윌리엄 새커리 William Thackeray •

188 병원에 너무 자주 가지 마세요.

이제는 병과 친해지는 법을 배워야 합니다.

189 너무 많은 약에 의존하지 마세요.

약에 중독되기 쉽습니다.

"여호와를 경외하며 악을 떠날지어다.
이것이 네 몸의 양약이 되어 네 골수를 윤택하게 하리라."

• 잠언 3장 7~8절 •

화려한 젊음보다
행복한 황혼이 아름답다

190 건강식품 광고에 현혹되지 마세요.

과장이 심한 엉터리가 많아요.

191 복식 호흡을 자주 하세요.

숨만 잘 쉬어도 장수합니다.

192 기본에 충실 하세요.

밥 잘 먹고 잠 잘 자는 것이 건강의 비결입니다.

193 음식 타박은 그만 하시고 맛있게 드세요.

나이 들면 미각이 둔해집니다. 너무 짜거나 맵지 않게 드세요.

194 음식은 조금씩 천천히
오래 오래 씹으세요.

위장기능, 면역력, 기억력이 좋아집니다.

195 소식小食 하세요.

노화도 방지되고 장수의 비결입니다.

196 식탐食貪을 줄이세요.

70퍼센트로 만족하세요. 조금 모자라는 것이 좋습니다.

화려한 젊음보다
행복한 황혼이 아름답다

197 너무 찬 음식은 사양하세요.

눈의 혈액 순환을 방해합니다.

198 게를 먹은 후에 감은 먹지 마세요.

서로 상극相剋인 독약입니다.

199 매일 아침 올리브 오일을
한 스푼 씩 드세요.

몸의 노폐물을 제거하는 데에 도움이 됩니다.

200 견과류를 자주 드세요,

심장병 예방에도 좋고 행복 호르몬이 생깁니다.

201 살구를 많이 드세요.

치매를 예방하는 귀한 과일입니다.

202 차 마시는 것을 즐기세요.

심신에 안정을 줍니다.

203 저녁에는 대추차나 호두죽을 드세요.

수면이 안정되게 하는 데에 도움이 됩니다.

"완전한 지혜와 근신을 지키고
이것들이 네 눈 앞에서 떠나지 말게 하라.
그리하면 그것이 네 영혼의 생명이 되며 ……
네가 누울 때에 두려워하지 아니하겠고
네가 누운즉 네 잠이 달리로다."

· 잠언 3장 21~24절 ·

204 시금치를 자주 드세요.

관절이 튼튼해야 행복합니다.

화려한 젊음보다
행복한 황혼이 아름답다

205 에스컬레이터보다는
계단을 이용하세요.

안전하기도 하고 다리 운동도 됩니다.

206 걷기보다 더 좋은 운동이 없어요.

매일 꾸준히 즐겁게 걸으면 뇌기능이 향상됩니다.

207 운동을 꾸준히 하세요.

엔도르핀endorphine이 생겨 긍정세포가 강해집니다.

"운동은 하루를 짧게 해 주고 인생을 길게 해 준다."
• 조스린 Jocelyn •

208 몸을 따뜻하게 하세요.

체온이 내려가면 면역력이 떨어집니다.

209 족욕足浴을 자주 하세요.

숙면熟眠은 노화를 방지하는 묘약입니다.
잘 자야 뇌가 건강해집니다.

210 종종 발 마사지를 하세요.

발은 제 2의 심장이라고 합니다.

211 손을 자주 씻으세요.

감기를 예방하는 지름길입니다.

212 귀를 많이 만져 주세요.

혈액 순환에 도움이 됩니다.

213 "아 에 이 오 우"를 자주 하세요.

입가의 주름을 예방할 수 있습니다.

화려한 젊음보다
행복한 황혼이 아름답다

잔주름

어느 날 이른 아침에 거울을 보다 깜짝 놀랐습니다. 내 얼굴에 이렇게 많은 잔주름이 생겼다니 믿을 수가 없었습니다. 분명 오늘 아침에 갑자기 생긴 주름이 아닐 텐데! 그동안 왜 몰랐을까? 새삼스럽게 왜 이렇게 호들갑을 떠는 것일까? 나만은 절대로 늙지 않는다는 착각에 빠져 있었다는 말인가?

'잔주름'은 늙으신 부모님의 얼굴에서만 발견하는 것으로 생각했습니다. 나이 사십이 넘으면 자기 얼굴에 책임을 져야 한다고 했는데 이제 남의 얘기가 아니라는 것을 알았습니다. 눈가에 잡힌 주름은 많이 웃어서 생긴 주름이라고 하지만 콧잔등 위와 이마, 입술 주변에 생긴 주름을 보니 온통 잔주름으로 얼굴이 뒤덮여 있는 느낌이 진하게 들며 갑자기 우울해지고 마음이 심란해졌습니다. 그동안 눈이 나빠서 보이지 않았던 것일까요? 왜 이렇게 오늘 따라 잔주름이 크게 보이며 신경이 쓰이는지, 나만은 늙지 않을 것처럼 너무 무심하고 소홀했나 하는 후회가 생깁니다. 광고에 나오는 주름살 방지 약이라도 열심히 바르면 효과가 있을까? 아니면 그 흔한 보톡스라도 맞으면 조금이라도 도움이 될까? 갑자기 얼굴에 잔주름이 많다고 수선을 떠는 나의 모습에 서글픈 생각이 들었습니다.

"겉사람은 낡아지나 우리의 속사람은 날로 새로워지도다." 고린도후서 4장 16절라는 성경 말씀으로 도전을 받습니다. 성경은 나이가 많아지는 것을 늙는다는 표현보다는 성숙해가며 지혜가 많아지는 것이라고 했습니다. "늙어도 여전히 결실하며 진액이 풍족하고 빛이 청청하다." 시편 92편 14절는 귀한 말씀이 위로가 됩니다. 이제 더 이상 얼굴에 생긴 잔주름 때문에 신경 쓰지 말고 청청하게 살아가도록 노력을 해야겠습니다. 오히려 마음에 지울 수 없는 잔주름이 생기지 않도록 마음을 활짝 펴고 살아야 할 것 같습니다. 세월은 피부에 주름을 만들지만 열정은 우리 내면이 시들게 할 수 없습니다.

많은 사람들이 자신은 항상 늙지 않을 것 같은 착각 속에서 젊음을 보내다가 어느 날 느닷없이 만나게 되는 늙음에 놀라고 서글퍼 합니다. 흘러가는 세월을 막을 수는 없지만 빠르게 흘러가는 물결에 내 몸을 맡기지는 말아야 하지 않을까요. 이제라도 신경을 써서 노화 속도를 조금이라도 늦추도록 노력해 보려고 합니다.

늙는다는 것은 원숙해져 감을 의미하기도 합니다. 그동안 내 가족을 섬기며 살아왔다면 이제는 우리 주변의 어려운 이웃들과 자녀들에게 사랑과 관심을 쏟으며 그들을 섬기는 아름다운 노년을 준비하려고 합니다. 그것이 늙어도 청청해지는 비결이라고 생각됩니다.

214 자외선 차단제를 자주 발라 주세요.

피부 노화를 막아야 젊어 보입니다.

215 물을 자주 마시면 젊어집니다.

물이 부족하면 피로감을 느껴 노화가 빨리 옵니다.

216 낮잠을 즐기세요.

잠깐의 꿀잠은 새 힘을 주며 기억력도 높여 줍니다.

217 코를 골면 혼자 주무세요.

옆 사람에게 큰 방해가 됩니다.

218 치아관리를 잘 하세요.

치아가 건강하지 않으면 빨리 늙게 됩니다.

화려한 젊음보다
행복한 황혼이 아름답다

219 잇몸을 자주 마사지하고 치실을 사용하세요.

잇몸질환을 예방할 수 있습니다.

220 눈 운동을 자주 하세요.

눈 관리를 잘 해야 뇌가 건강해집니다.

221 눈을 잘 보호하세요.

**몸이 만 냥이라면 눈이 구천 냥이라고 했습니다.
그렇게 중요합니다.**

"눈은 몸의 등불이니 그러므로 네 눈이 성하면
온 몸이 밝을 것이요."

• 마태복음 6장 22절 •

222 턱을 들고 다니세요.

목주름을 예방할 수 있습니다.

223 등을 쭉 펴고 걸으세요.

등이 굽으면 키가 줄어들어요.

224 '도리도리'를 꾸준히 하세요.

뇌를 젊게 해 주며 치매 예방에 도움이 됩니다.

225 '잼잼'을 하루에 오십 번씩 매일 하세요.

손의 관절을 튼튼하게 해 줄 뿐 아니라
손가락을 움직이면 뇌 기능도 활발해집니다.

226 박수를 많이 치세요.

뇌에 자극을 주어 수지침의 효과도 있습니다.
뇌세포는 자극을 통해 새롭게 만들어집니다.

화려한 젊음보다
행복한 황혼이 아름답다

227 손을 많이 움직이세요.

움직이는 손이 기적을 만듭니다.

"손을 게으르게 놀리는 자는 가난하게 되고
손이 부지런한 자는 부하게 되느니라."
· 잠언 10장 4절 ·

228 발목 운동을 열심히 해서
근육이 생기도록 하세요.

나이가 들면 근력이 약해지고 줄어듭니다.

229 계단을 내려올 때에는
반드시 난간을 붙잡으세요.

다리가 무너지면 건강이 무너집니다.

230 신발은 굽이 낮고 볼이 넓은 것을
신으세요.

이제는 멋보다 편안한 것을 택할 때입니다.

231 바지는 앉아서 갈아입으세요.

서서 입다가 넘어지기 쉽습니다.

232 집 안에서도 문턱을 조심하세요.

나이가 들면 항상 낙상에 주의해야 합니다.

233 화장실 물기를 조심하세요.

미끄러지면 다치거나 뼈가 부러질 수 있습니다.

234 침대는 너무 높지 않도록 하세요.

떨어질 우려가 있습니다.

화려한 젊음보다
행복한 황혼이 아름답다

235 허리를 밟으라고 하지 마세요.

잠시 시원하게 느낄지 모르지만 위험합니다.

236 아침에 스트레칭을 정기적으로 하세요.

노화를 막는 지름길입니다.

237 집 안 공기를 자주 바꾸어 주세요.

꽉 막힌 실내 공기가 질병의 요인이 됩니다.

238 누워만 있지 말고
일어나서 활동하세요.

움직여야 힘이 생깁니다.

239 바른 자세를 유지하세요.

좋은 생활 습관이 건강을 만듭니다.

240 치매 예방을 위해
끊임없는 노력을 하세요.

그것이 자식들을 위한 길입니다.

화려한 젊음보다
행복한 황혼이 아름답다

청춘

청춘이란
인생의 어느 기간을 말하는 것이 아니라
마음의 상태를 말한다.
그것은 장밋빛 뺨, 앵두 같은 입술,
하늘거리는 자태가 아니라
강인한 의지, 풍부한 상상력, 불타는 열정을 말한다.

청춘이란
인생의 깊은 샘물에서 오는 신선한 정신,
유익함을 물리치는 용기,
안일을 물리치는 모험심을 의미한다.
때로는 이십의 청년보다 육십이 된 사람에게 청춘이 있다.
나이를 먹는다고 해서 우리가 늙는 것은 아니다.
이상을 잃어버릴 때 비로소 늙는 것이다.

세월은 우리의 주름살을 늘게 하지만
열정을 가진 마음을 시들게 하지는 못한다.
고뇌, 공포, 실망 때문에 기력이 땅으로 들어갈 때
비로소 마음이 시들어 버리는 것이다.

육십 세든 십육 세든, 모든 사람의 가슴 속에는
놀라움에 끌리는 마음,
젖먹이 아이와 같은 미지에 대한 끝없는 탐구심,
삶에서 환희를 얻고자 하는 열망이 있는 법이다.
그대와 나의 가슴 속에는 남에게 보이지 않는
그 무엇이 간직되어 있다.

아름다움, 희망, 희열, 용기, 영원의 세계에서 오는 힘.
이 모든 것을 간직하고 있는 한
언제까지나 그대는 젊음을 유지할 것이다.
영감이 끊어져 정신이 냉소라는 눈에 파묻히고
비탄이란 얼음에 갇힌 사람은
비록 나이가 이십 세라 할지라도 이미 늙은이와 다름없다.
그러나 머리를 드높여서 희망이란 파도를 탈 수 있는 한
그대는 팔십 세일지라도 영원한 청춘의 소유자이다.

4부

자녀들과
행복하게
지내세요

241 무슨 일이든지 스스로 하려고 노력해 보세요.

자녀에게 너무 의지하지 마세요.

"내게 능력 주시는 자 안에서 내가 모든 것을 할 수 있느니라."
· 빌립보서 4장 13절 ·

242 혼자 지내는 것에 익숙해지세요.

자녀들은 너무 바쁩니다.

243 자녀 걱정은 그만 하세요.

이제는 자신을 위한 삶을 사세요.

"근심이 사람의 마음에 있으면 그것으로 번뇌하게 되나
선한 말은 그것을 즐겁게 하느니라."
· 잠언 12장 25절 ·

244 자녀들에게 사랑의 편지를 써 놓으세요.

나중에 부모를 기억할 때 좋은 추억의 선물이 될 것입니다.

화려한 젊음보다
행복한 황혼이 아름답다

245 자녀에게 "고맙다, 미안하다, 사랑한다."
는 말을 자주 해 주세요.

암도 예방해 주고 행복 바이러스가 생기게 합니다.

246 자녀에게 가족의 역사를 알려 주세요.

조부모는 자녀들을 위한 위대한 도서관입니다.

"지혜가 제일이니 지혜를 얻으라."
• 잠언 4장 7절 •

247 가족 여행이나 캠프를 떠나 보세요.

가족이 함께 지내는 즐거운 시간이 됩니다.

248 자녀 앞에서 아프다는 말을
자주 하지 마세요.

나이 들어 아픈 것은 자연스러운 것입니다.

249 자녀에게 자신의 생각을
사실대로 말하세요.

말하지 않은 마음을 어찌 다 알 수 있겠어요?

250 자녀에게 너무 괜찮다고만 하지 마세요.

사실은 괜찮은 것이 아니잖아요!

251 자녀들에게 푸념이나 잔소리는
그만 하세요.

별로 도움도 되지 않으면서 관계만 나빠집니다.

그냥
사랑만
하세요

선물로 주신 두 아들이 이제는 어엿한 가장이 되었습니다. 아버지보다도 더 아버지 역할을 잘 하는 모습이 너무나 대견하기만 합니다. 전심으로 사역에만 집중했던 아버지 세대와는 다르게 가족에 헌신적으로 봉사하는 모습을 보면 감탄이 절로 나옵니다. 하루 종일 회사에서 일하고 피곤한 몸으로 집에 돌아오지만 아이들과 놀아주기도 하면서 아내를 도와주는 성실한 남편이자 다정한 아빠입니다.

큰아들은 설거지도 잘하고 아이들 목욕도 시키고 책도 읽어준다고 합니다. 부모가 보기에는 아주 '큰 머슴 노릇'을 잘 하는 것 같습니다. 다인종이 사는 미국에 와서 살면서 한국 며느리만을 고집할 수는 없다고 생각했습니다. 큰며느리는 중국계 며느리입니다. 말이 잘 안 통해서 그런지 고부갈등이 있을 수가 없습니다. 중간에 있는 아들이 힘들겠지요!

세상이 너무 많이 변하여 우리 시대와 비교할 수 없습니다. 예전에 어머니께서 우리를 보시고도 세상이 많이 좋아졌다고 감탄하셨는데 저도 그런 심정입니다. 정말 지금은 여자들이 편하게 사는 세상입니다. 반면에 남자들이 살아가기에는 힘든 세상이 되었습니다. 큰아들은 아버지 세대를 부러워합니다.

가정 사역을 하면서 배웠던 원리들을 가르쳐야 할지, 그냥 좋은 관계를 위해 양보하고 포기해야 하는 것인지 갈등이 있었습니다. 그래서 큰며느리에게 한국문화와 전통 음식을 가르치고 싶었지만 일치감치 포기했습니다. 본인이 원하지 않는데 내가 가르친다고 되는 일이 아니라는 사실을 깨달았고, 가르치는 것보다 더 중요한 것은 자녀와 좋은 관계를 유지하는 것이라는 생각이 들었기 때문입니다.

내가 이제야 부모님의 심정을 이해하는 것처럼 그들도 때가 되어야 깨닫게 되겠지요. 자녀들이 마음에 들지 않을 때에도 잔소리하기보다는 그들이 스스로 깨달아 갈 수 있도록 지켜보며 기다려주는 것이 바람직하다는 생각이 듭니다. 자녀들도 나이가 들어가면 알게 될 것입니다. 경험만큼 잘 가르치는 좋은 선생님이 없다는 것을요.

이제 나이가 드니 마음의 여유가 생기는 것 같습니다. 우리의 사고와 많이 다른 자녀의 생각을 이해하려고 노력하고 있습니다. 그릇을 깨끗이 닦으려고 빡빡 문지르다가 오히려 깨뜨리지 말고 때로는 자녀들이 마음에 들지 않아도 그냥 부족한 대로 받아주는 것이 현명하다는 생각이 듭니다. 때로는 화가 나기도 하고 괘씸하기도 하고 섭섭할 때도 있지만 포기하고 양보하는 것이 자녀가 편하고 나도 편해지는 길입니다.

그래도 정 화가 날 때는 남편에게 풉니다. 우리의 자식이니 누구한테 자식 흉을 볼 수 있겠습니까? 남편은 한결같습니다. 참으라는 것이지요. 얼마 남지 않은 시간, 자녀들과 잘 지내려면 참아주고 이해하는 것이 최선이라는 생각이 듭니다. 이제는 가르치려고 하기 보다는 그냥 무조건 사랑만 해주어야겠다는 결론을 내려 봅니다. 우선 우리 아들이 편하게 잘 살아야 하니까요.

252 자녀에게 너무 많은 것을 요구하지 마세요.

자녀가 싫어하고 힘들어 합니다.

253 자녀를 화나게 하거나 괴롭히지 마세요.

그들 마음에 상처만 남깁니다.

"아비들아, 너희 자녀를 노엽게 하지 말고
오직 주의 교양과 훈계로 양육하라."
· 에베소서 6장 4절 ·

254 자녀들의 말에 귀를 기울여 주세요.

이제는 우리가 그들의 말을 들을 차례입니다.

255 자녀를 우리의 가치관으로 판단하지 마세요.

세상이 날마다 변하고 있답니다.

화려한 젊음보다
행복한 황혼이 아름답다

256 자녀들을 남과 비교하지 마세요.

비교당하는 것을 누가 좋아하겠어요?

257 자녀들을 많이 인정해 주세요.

자신감을 얻게 해 줍니다.

258 자녀들에게 긍정의 언어를 많이 사용하세요.

자존감을 높여 주며 긍정적인 효과를 보게 됩니다.

259 자녀의 사생활을 방해하지 마세요.

우리도 방해받는 것은 싫어하잖아요.

260 자녀의 집을 방문할 때는
전화로 먼저 알리고 가세요.

불쑥 찾아가면 자녀들이 당황해 합니다.

261 자녀에 대한 애착이나 집착을 버리세요.

그들의 인생을 살 수 있게 해 주세요.

262 자녀들의 결혼생활에 간섭하지 마세요.

스스로 책임 있는 삶을 살 수 있도록 지켜봐 주세요.

263 손주들 교육에 잔소리는 그만 하세요.

자녀 교육은 그들 부모의 몫입니다.

264 자녀를 마음속으로부터 떠나보내세요.

이제는 더 이상 내 품의 자녀가 아닙니다.

"남자가 부모를 떠나 그의 아내와 합하여
  둘이 한 몸을 이룰지로다."

· 창세기 2장 24절 ·

화려한 젊음보다
행복한 황혼이 아름답다

265 **자녀를 위해 기도해 주세요.**

부모의 기도는 기적이 일어나게 합니다.

"기도는 하나님의 보호와 방어를 받는 열쇠다."

• 자크 엘룰 Jacques Ellul •

266 **칭찬을 많이 해 주세요.**

칭찬은 고래도 춤추게 할 만큼
사람을 행복하게 하는 놀라운 힘이 있습니다.

267 **자녀들에게 사랑한다고**
자주 말해 주세요.

사랑한다는 말은 언제나 들어도 좋아요.

"우리가 아직 죄인 되었을 때에
그리스도께서 우리를 위하여 죽으심으로
하나님께서 우리에 대한 자기의 사랑을 확증하셨느니라."

• 로마서 5장 8절 •

268 사랑의 표현을 내 방식대로 하지 마세요.

내 방법을 그들은 좋아하지 않을 수도 있어요.

269 부모도 잘못을 할 수 있어요.

자신의 실수를 인정하고 미안하다고 말하세요.

**270 섭섭해 하지 말고 자녀들의 사랑을
믿어 주세요.**

"우리가 진짜 진짜 사랑하시는 것 아시지요?"

**271 같은 이야기를 같은 사람에게
반복해서 말하지 마세요.**

지겨워해요. 이 말을 했는지 물어보고 말하세요.
그리고 짧게 하세요.

272 자녀들이 부탁할 때 도와주세요.

요구하지 않을 때 내 마음대로 도와주면 달가워하지 않습니다.

273 돈이 있으면 자녀들이 필요를 느낄 때
나누어 주세요.

사후에 자녀들 간 분쟁의 씨가 되지 않게 하세요.

274 자녀가 어려움을 당했을 때
위로해 주세요.

가장 힘들 때 함께 하는 것이 사랑입니다.

"내가 영원한 사랑으로 너를 사랑하기에
인자함으로 너를 이끌었다."
• 예레미야 31장 3절 •

275 답답한 경우에도 조금만 더 참고
기다려 주세요.

시간이 지나 철이 들어야 배우게 되는 것도 있어요.

화려한 젊음보다
행복한 황혼이 아름답다

276 부모의 옛날이야기는 이제 그만 하세요.

햄버거 세대가 보릿고개 이야기를 어떻게 이해하겠어요?

277 젊은 사람들을 꾸중하거나
야단치지 마세요.

그들이 스스로 깨닫게 기다려 주세요.

278 젊은이들이 실수했을 때는
아량을 베풀어 주세요.

우리도 얼마나 많은 실수를 했나요?

279 젊은 사람에게도 존댓말을 사용하세요.

존댓말은 상대를 높여 주고 기분을 좋게 해줍니다.

280 젊은이들을 존중해 주세요.

우리의 미래이며 내일의 주인입니다.

"나를 존중히 여기는 자를 내가 존중히 여기고
나를 멸시하는 자를 내가 경멸하리라."

• 사무엘상 2장 30절 •

281 젊은이들에게 힘을 불어 넣어주는
어른이 되세요.

지금은 진정한 어른이 필요한 시대입니다.

"내가 지혜로운 길을 네게 가르쳤으며
정직한 길로 너를 인도하였은즉,
다닐 때에 네 걸음이 곤고하지 아니하겠고
달려갈 때에 실족하지 아니하리라.
훈계를 굳게 잡아 놓치지 말고 지키라.
이것이 네 생명이니라."

• 잠언 4장 11~13절 •

화려한 젊음보다
행복한 황혼이 아름답다

282 손주들에게 동화책을 많이 읽어 주세요.

할머니의 옛날이야기를 오래 기억할 것입니다.

283 손주들에게 좋은 추억을 남겨 주세요.

우리가 떠난 후에도 아름다운 기억을 할 수 있지요.

284 손주들에게 과자나 초콜릿을
그만 주세요.

치과에 자주 가야 하잖아요.

285 손주들에게 용돈을 자주 주세요.

할머니는 아낌없이 주는 나무입니다.

286 손주들을 만날 때마다 안아 주세요.

할머니의 따뜻한 정감을 기억할 거예요.

"손자는 노인의 면류관이요 아비는 자식의 영화니라."
· 잠언 17장 6절 ·

287 손주들과 재미있는 놀이문화를
만들어 보세요.

즐거운 시간을 아이들이 오래 기억할 것입니다.

288 설날에 가족사진을 찍으세요.

온 가족이 모일 때 좋은 추억 선물이 됩니다.

화려한 젊음보다
행복한 황혼이 아름답다

289 황혼 이혼은 반드시 막아야 합니다.

자녀들에게 너무 큰 상처를 남깁니다.

290 부부가 서로를 불쌍히 여기세요.

함께 늙어가는 부부가 가장 좋은 친구입니다.

291 부부가 손을 붙잡고 다니세요.

서로 의지가 되니 힘이 나잖아요.
마지막까지 내 곁을 지켜 주는 유일한 남편이요 아내입니다.

292 가족끼리라도 말조심하세요.

가족이라고 아무 말이나 해도 된다는 생각은 하지 마세요.

"칼로 찌름 같이 함부로 말하는 자가 있거니와
지혜로운 자의 혀는 양약과 같으니라."
• 잠언 12장 18절 •

293 자식 자랑, 손주 자랑은 이제 그만 하세요.

다른 사람들은 별로 관심이 없어요.

"남에게 좋은 말을 듣고 싶거든
 자기 자신의 좋은 점을 늘어놓지 말라."
• 파스칼 Pascal •

294 나이가 들어도 어머니는 항상 그립지요.

세상에서 가장 아름다운 단어가 '어머니'랍니다.

화려한 젊음보다
행복한 황혼이 아름답다

어머니
사랑해요!

사랑하는 가족과 함께 사는 것은 이 세상에서 누릴 수 있는
가장 큰 기쁨이며 행복입니다. 그런데 그 행복을 누리는 많
은 사람들이 그 중요한 사실을 너무 당연하게 여기고 소홀
하게 생각하는 것이 안타까울 때가 있습니다. 부모님이 돌
아가신 다음에 후회하지 말고 살아 계실 때 효도하라는 말
을 많이 들어 왔습니다. 그런데 이제 정말 부모님을 떠나보
내고 나니 그 말의 깊은 뜻을 새삼 깨닫게 되고 많은 사람들
의 경험에서 나온 말이라는 것을 실감합니다.

나이가 들어도 어머니에 대한 그리움과 사랑은 더욱 진해져
갑니다. 이곳 캘리포니아에서 사계절 피는 아름다운 꽃과
풍성한 과일을 볼 때마다 꽃과 과일을 무척 좋아하셨던 어
머니 생각이 더욱 간절해집니다. 다리가 아파서 온천을 좋

아하셨는데 이 좋은 기후에 따뜻한 야외 온천에 모시고 가지 못한 것이 못내 아쉬움으로 남아 있습니다.

내 생애에 가장 많은 영향을 주신 분은 바로 어머니입니다. 가장 힘들 때, 낙심될 때, 인생이 슬플 때 어머니가 항상 생각납니다. 딸이 지혜롭고 슬기로운 사모가 되게 해 달라고 매일 새벽마다 기도해 주시던 어머니가 너무 보고 싶습니다.

어머니 주위에는 항상 사람들이 북적거렸습니다. 베풀기를 좋아하셔서 지나가는 소쿠리 장수, 기름 장수 아줌마 들을 불러들여 밥을 주시던 모습이 눈에 선합니다. 그 시절에는 거지가 많았는데 그들에게도 푸짐하게 밥그릇을 채워주시던 어머니의 넉넉한 손이 기억납니다. 어려운 시대에 고통을 함께 나누시던 어머니의 선한 손길과 베풂의 덕으로 자녀들이 잘 살아가고 있다는 생각을 하게 됩니다.

특히 어머니는 무척 부지런하셨습니다. 지금도 게으름을 피울 때는 어머니의 꾸중이 들리는 것 같습니다. 어머니는 우리가 게으름을 피우거나 엄살을 부리는 것을 허락하지 않으셨습니다. 내가 어렸을 때에도 그 부분은 엄격하게 훈련하셨기 때문에 어린 나는 어머니를 무서워했습니다. 그러나 이렇게 나이가 들어도 어머니의 훈계와 사랑이 진하게 느껴집니다. 지금도 자녀들과 어머니에 대한 아름다운 추억을 나누면서 아이들에게 할머니에 대한 소중한 기억들을 남겨 주신 것이 얼마나 감사한지 모릅니다.

어머니의 대단한 영향력을 생각하면서 나는 나의 자녀들에게 헌신적인 사랑의 본을 보였는지 뒤돌아보게 됩니다. 이제부터 남은 시간이라도 자녀들에게 좋은 추억을 남겨주기 위하여 부지런히 사랑하며 살도록 노력하려고 합니다. 어머니가 살아계실 때 더 사랑해드리지 못한 것이 너무나 죄송하고 안타깝습니다.
어머니! 진심으로 사랑합니다. 영원히…….

어머니의 사랑을 기억하는 막내딸

5부

우아하게
나이
드세요

295 노년의 황혼은 선물입니다.

인생의 황금기를 멋지게 맞이하세요.

"아침이면 태양을 볼 수 있고
 저녁이면 별을 볼 수 있는 나는 행복합니다."
· 김수환 ·

296 나이가 들어도 할 수 있는 일이 많아요.

우리가 원하기만 하면 하나님은 어떤 나이여도 쓰실 수 있습니다.

297 날마다 살아가는 기쁨을 맛보세요.

살아있는가 늙어가는 가는 자기 마음에 달려있습니다.

"모든 지킬 만한 것 중에 더욱 네 마음을 지키라.
 생명의 근원이 이에서 남이니라."
· 잠언 4장 23절 ·

298 매일 떠나는 연습을 하세요.

언젠가 그 날이 반드시 옵니다.

"늙을 때에 나를 버리지 마시며
내 힘이 쇠약할 때에 나를 떠나지 마소서."
· 시편 71편 9절 ·

"어떻게 살아야 할지를 아는 사람은
죽음이라는 말을 결코 두려워하지 않는다."
· 보몬트와 플레쳐 ·

299 남아 있는 시간을 아끼세요.

**이제는 사는 동안 열심히 사랑하고
쓸데없는 일에 귀한 삶을 허비하지 마세요.**

"우리의 연수가 칠십이요, 강건하면 팔십이라도
그 연수의 자랑은 수고와 슬픔뿐이요 신속히 가니
우리가 날아가나이다."
· 시편 90편 10절 ·

300 노인은 노인다워야 합니다.

너무 젊은 사람처럼 흉내 내지 마세요.

"늙은 자의 아름다움은 백발이니라."

· 잠언 20장 29절 ·

301 노인이라는 것은 지위나 자격이
아닙니다.

당연한 대우를 기대하지 마세요.

302 나이가 많다고 반드시 현명하거나
지혜로워지는 것은 아닙니다.

너무 유세 떨거나 억지 부리지 마세요.

"한정된 인생이 가질 수 있는 가장 순수한 보물은
흠이 없는 명성이다."

· 셰익스피어 Shakespeare ·

화려한 젊음보다
행복한 황혼이 아름답다

303 이마 주름에 너무 신경 쓰지 마세요.

흘러가는 세월은 막을 수 없지만 인생의 연륜이 느껴집니다.

"이마에 생긴 주름이 가슴에 새겨지도록 하지는 말자.
정신이 나이 들지 않도록 하자."

• 제임스 A. 가필드 James A. Garfield •

304 늙어도 예의를 지키세요.

무례한 노인을 좋아할 사람은 아무도 없어요.

"남에게 대접을 받고자 하는 대로 너희도 남을 대접하라."

• 마태복음 7장 12절 •

305 "이 나이에 뭘?" 하며
나이 탓은 그만 하세요.

괴테는 나이 80에 《파우스트》를 완성하였습니다.

"모세의 죽을 때 나이 백이십 세였으나
그의 눈이 흐리지 아니하였고 기력이 쇠하지 아니하였더라."

• 신명기 34장 7절 •

306 행복한 노년을 위하여 신앙을 가지세요.

하나님과 마지막 날까지 동행하세요.

"나는 부활이요 생명이니 나를 믿는 자는 죽어도 살겠고
무릇 살아서 나를 믿는 자는 영원히 죽지 아니하리니
이것을 네가 믿느냐?"
• 요한복음 11장 25절 •

307 부활의 인생을 사세요.

날마다 다시 시작할 수 있습니다.

"의인은 일곱 번 넘어질지라도 다시 일어나려니와……"
• 잠언 24장 16절 •

308 인내하며 조금만 더 달려가세요.

결승점이 가까워 올수록 더욱 최선을 다해 뛰어야 합니다.

"인내로써 우리 앞에 당한 경주를 하며
믿음의 주요 또 온전하게 하시는 이인 예수를 바라보자."
• 히브리서 12장 1 • 2절 •

화려한 젊음보다
행복한 황혼이 아름답다

309 일하는 노년은 행복합니다.

그렇다고 마음 따라 하지 마시고 몸이 시키는 대로 하세요.
몸의 신호가 오면 조심하세요.

310 무기력해지면 빨리 늙어집니다.

활력을 찾도록 노력하세요.

"우리가 낙심하지 아니하노니 우리의 겉사람은 낡아지나
우리의 속사람은 날로 새로워지도다."

• 고린도후서 4장 16절 •

311 나이가 들어도 게으르지는 마세요.

게으른 자에게는 언제나 후회와 절망이 따라옵니다.

"게으른 자는 가을에 밭 갈지 아니하나니
그러므로 거둘 때에는 구걸할지라도 얻지 못하리라."

• 잠언 20장 4절 •

312 노욕을 버리세요.

만족하면 인생이 편안해집니다.

"어떠한 형편에든지 나는 자족하기를 배웠노니."

· 빌립보서 4장 11절 ·

313 이 세상에 미련을 버리세요.

미련한 사람들은 땅 끝만 바라봅니다.

"이 세상도, 그 정욕도 지나가되
 오직 하나님의 뜻을 행하는 이는 영원히 거하느니라."

· 요한 일서 2장 17절 ·

314 역정 내지 마시고 천천히 말하세요.

공연히 기운만 빠집니다.

"노하기를 더디하는 자는 용사보다 낫고
 자기의 마음을 다스리는 자는 성을 빼앗는 자보다 나으니라."

· 잠언 16장 32절 ·

화려한 젊음보다
행복한 황혼이 아름답다

315 너무 서두르지 마세요.

조급한 마음이 문제를 일으킵니다. 급할수록 천천히!

"마음이 조급한 자는 어리석음을 나타내느니라."
· 잠언 14장 29절 ·

316 어떤 상황에서도 다투지 마세요.

무조건 용납해주세요. 그게 이기는 것입니다.

"다툼을 멀리 하는 것이 사람에게 영광이거늘
미련한 자마다 다툼을 일으키느니라."
· 잠언 20장 3절 ·

317 노인이니까 모든 것이 용납된다는 생각은 그만 하세요.

구차한 변명일 뿐이며 '나잇값'을 해야 합니다.

318 눈이 점점 희미해집니다.

신체의 변화와 상실에 익숙해지세요.

"눈이 밝은 것은 마음을 기쁘게 하고
좋은 기별은 뼈를 윤택하게 하느니라."
· 잠언 15장 30절 ·

319 변화에 너무 초조해 하지 마세요.

가장 좋은 것은 자연스러운 것입니다.

"너희는 마음에 근심하지 말라. 하나님을 믿으니 또 나를 믿으라."
· 요한복음 14장 1절 ·

320 감정을 잘 조절하세요.

자기 성질에 못 이겨 추한 모습은 보이지 마세요.

"자기의 마음을 제어하지 아니하는 자는
성읍이 무너지고 성벽이 없는 것과 같으니라."
· 잠언 25장 28절 ·

화려한 젊음보다
행복한 황혼이 아름답다

321 절제된 생활이 노년의 건강을 지킵니다.

욕심이 많으면 삶이 망가집니다.

"욕심이 잉태한즉 죄를 낳고, 죄가 장성한즉 사망을 낳느니라."

· 야고보서1장 15절 ·

322 지나간 일에 연연해하지 마세요.

"그때 왜 그랬을까?"라는 후회는 그만 하세요.

"지나간 때로 족하도다."

· 베드로전서 4장 3절 ·

323 마음에도 없는 "늙으면 죽어야지."라는 말은 제발 하지 마세요.

자식들이 가장 듣기 싫어하는 말입니다.
그리고 아무도 그 말을 믿지 않아요.

324 성숙한 노년이 되도록 기도하세요.

노력하지 않고 저절로 되는 것은 가치가 없습니다.

"모든 것의 진정한 가치는 영원한 나라에서 밝혀지게 될 것이다."

• 존 웨슬리 John Wesley •

화려한 젊음보다
행복한 황혼이 아름답다

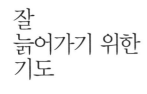

잘
늙어가기 위한
기도

"주님!

요즈음 제가 나이 들어가는 것을 느끼게 됩니다.
하고 싶은 말을 다 하고 살려는 생각을 붙잡아 주옵소서.

저로 하여금 말이 많은 늙은이가 되지 않게 하시고
아무 때나 한마디 해야 한다고 나서는
치명적인 버릇이 생기지 않게 하소서.
다른 사람의 일에 일일이 참견하려는
욕심을 버리게 하시고
모든 사람의 삶을 바로잡고자 하는 열망으로부터
벗어나게 하소서.

남에게 도움을 주되 참견하기를 좋아하는
그런 사람이 되지 않게 하시고,
다른 사람에게는 관심거리가 되지 않는
나의 옛이야기를 그치게 하소서.
끝없이 이 얘기 저 얘기 떠들지 않고
곧장 요점을 말할 수 있는 지혜를 주소서.

내가 겪은 아픔과 고통을
다른 사람에게 떠벌리는 혀를 주장해 주옵소서.
내 신체의 고통을 위로받고 싶은 마음에서 벗어나게 하시고
다른 사람의 아픔에 대한 이야기를 들어 줄 수 있는
인내심을 허락해 주소서.
세월이 갈수록 나의 이야기보다는
남의 말에 귀를 더 기울이게 하옵소서.

내 경험을 자랑하지 말고
오히려 나의 실수를 기꺼이 인정하는 마음을 주소서.
제 기억력이 틀릴 수 있다는 겸손한 마음을 주시고
더 깊이 생각하고 신중하되
우유부단하지 않게 바른 판단을 할 수 있도록 도와주소서.

죽는 날까지 늘 배우고자 하는 열린 마음과

열린 귀를 허락해 주옵소서.
심술궂은 늙은이가 되지 않도록 적당히 착하게 해 주시고
제가 눈이 어두워지더라도
마음의 눈으로 아름다운 것들을 볼 수 있게 하소서.

나의 노년이 아름다운 황혼처럼
끝맺음을 멋있게 할 수 있도록 도와주소서."

325 진리를 가르치세요.

하나님 말씀은 진리입니다.

"하나님이여, 내가 늙어 백발이 될 때에도 나를 버리지 마시며
내가 주의 힘을 후대에 전하고
주의 능력을 장래의 모든 사람에게 전하기까지
나를 버리지 마소서."

• 시편 71편 18절 •

326 섬기는 삶이 아름답습니다.

건강한 노인이 많을수록 사회가 밝아집니다.

"인자가 온 것은 섬김을 받으려 함이 아니라 도리어 섬기려 하고
자기 목숨을 많은 사람의 대속물로 주려 함이니라."

• 마태복음 20장 28절 •

327 새로운 만남에 적극적으로 참여하세요.

서로의 경험을 나누며 유익한 도전이 됩니다.

화려한 젊음보다
행복한 황혼이 아름답다

328 창조적으로 혼자 살아가는 방법을 배우세요.

전에는 몰랐던 재미있는 일들이 많이 있습니다.

"인생은 자신을 찾는 것이 아니라 자신을 만들어가는 것이다."
• G. 버나드쇼 George Bernard Shaw •

329 풍성한 삶을 위한 교육 프로그램에 적극적으로 참여하세요.

나이가 들수록 알아야 할 것이 더 많아집니다.

"지혜를 얻는 자는 자기 영혼을 사랑하고
명철을 지키는 자는 복을 얻느니라."
• 잠언 19장 8절 •

330 삶을 아름답게 즐기며 누리세요.

낙천적이고 긍정적인 생각이 장수의 비결입니다.

331 눈치 보지 말고 당당하게 사세요.

최선을 다 하셨잖아요!

332 시간의 주인이 되세요.

이제는 제3의 연령기가 시작됩니다.

"나의 앞날이 주의 손에 있사오니……"
· 시편 31편 15절 ·

333 남은 인생은 더 의미 있게 사세요.

단순하게 오래 사는 것보다 삶의 질이 더 중요합니다.

"단순히 늙어가지 않기 위해서 우리는 사는 데 집중해야 한다.
그리고 잘 살아내야 한다."
· 지셴린 季羨林 ·

334 방 안에만 있지 마세요.

봉사단체에 나가서 할 수 있는 일을 찾아보세요
누군가를 위해 남은 시간을 쓴다는 건 의미 있는 일이랍니다.

화려한 젊음보다
행복한 황혼이 아름답다

335 인생의 외로움은 누구에게나 있습니다,

외로움 속에서 더 깊은 생각을 하게 됩니다.
스스로 극복해 내세요,

"노년에 낼 수 있는 마지막 용기는
 외로움을 품위와 의지로 견뎌내는 것이다.
 자식에게 의지하려고 하지 말라."

• 고든 리빙스턴 Gordon Livingston •

336 남은 시간을 짜임새 있게 계획하세요.

이제는 시간이 얼마 없어요.
시간을 알차게 보내세요!

"그런즉 너희가 어떻게 행할지를 자세히 주의하여
 지혜 없는 자 같이 하지 말고
 오직 지혜 있는 자 같이 하여 세월을 아끼라."

• 에베소서 5장 15~16절 •

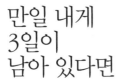

만일 내게
3일이
남아 있다면

시간은 한 번 지나가면 다시 오지 않습니다. 뒤도 돌아보지 않고 앞으로만 가는 시간은 열심히 자기의 길을 갑니다. 이렇게 시간이 흘러 어느 날 인생의 마지막을 만나게 될 것입니다. 그 순간을 후회와 아쉬움이 없이 맞이하기 위하여 마음의 준비가 필요합니다. 열심히 살아가는 많은 사람들이 이 세상에서 마지막을 만나게 된다는 것은 생각하지 않고 살아가는 것 같습니다. 그러나 내가 잊고 산다고 그 마지막이 나를 피해가지는 않습니다.

길지 않은 인생 여정에서 많은 사람들을 만나고 헤어지기도 합니다. 그런데 사실은 사람을 만날 때보다 헤어질 때가 더 중요합니다. 흘러간 명화를 기억하는 것도 마지막의 감동적인 장면입니다. 인생의 시작은 내 의지로 되지 않았지만 내 인생의 마지막은 스스로 준비할 수 있습니다. 그것만큼 멋진 마무리가 어디 있을까요.

헤어진 후에 떠난 자리가 아쉬움과 그리움으로 남는 사람들이 있습니다. 다시 보고 싶고 또 만나고 싶은 사람으로 기억된다면 멋있는 인생을 살았다고 할 수 있습니다. 인생 정리를 잘 한다는 것은 사람들과 관계를 잘 하고 떠나는 것만이 아니라 하나님과의 관계도 잘 회복하고 그분을 만날 준비도 성실하게 하는 것을 말합니다.

어린 아이에게 죽음을 "우리는 이 세상에 소풍 온 것이므로 날이 어두워지면 반드시 집으로 돌아가야 한다."고 설명해 주었습니다. 아무리 피크닉이 재미있어도 너무 오래 있을 수는 없습니다. 떼를 쓴다고 되는 일이 아니기 때문입니다. 엄마가 싸 준 맛있는 도시락을 친구들과 나누어 먹고 재미있게 놀다가 집으로 돌아갈 때는 주위 환경을 깨끗이 정리하여 뒤에 지저분한 것이 남지 않도록 해야 합니다.

만일 3일 후에 영원한 집으로 돌아가야 한다면 나는 이 마지막 3일을 어떻게 보내야 할까?

먼저 첫째 날은 나의 주변을 정리하여 버릴 것은 과감하게 버리고 나누어 줄 것들은 나누어 줄 것입니다. 그리고 내가 사랑하는 사람들에게 그동안 받은 사랑과 감사하는 마음을 예쁜 카드에 담아 부칠 것입니다. 둘째 날은 사랑하는 두 아들과 며느리 그리고 손주들과 함께 귀한 시간을 보낼 것입니다. 마지막 사랑의 만남을 기억할 수 있도록 근사한 만찬을 나누며 행복한 시간을 준비할 것입니다. 그리고 자녀들과 손주들을 위하여 전심을 다하여 축복기도를 해 주고 사랑의 유언을 남길 것입니다. 셋째 날에는 나에게 과분한 사랑을 준 남편과 함께 고마움과 사랑을 나누면서 멋진 송별회로 마지막 시간을 보낼 것입니다. 너무 슬퍼하지 말고 평소처럼 늘 하던 대로 농담도 하면서 재미있게 보내고 싶습니다. 마지막으로 함께 하나님께 예배를 드리면서 서로를 위한 기도를 하고 남편의 하모니카 연주와 찬송을 들으면서 헤어지는 행복한 죽음을 꿈꾸고 있습니다.

만일 매 순간 이러한 마음으로 남은 인생을 보낸다면 결코 후회하지 않은 삶을 보내게 될 것입니다. 마지막에 감사하며 떠날 수 있는 인생이 되도록 작은 순간들을 아끼며 소중하게 보내려고 합니다. 오늘 하루 살아있는 감격을 매일 누리면서 귀한 인생을 살아가고 있습니다.

이런 깨달음을 얻게 해 주었던 경험이 있습니다. 인생의 중년을 건강하게 열심히 잘 살면서 달려가고 있던 어느 날 저녁을 먹으려고 불에 음식을 올려놓고 화장실에 갔다 오다가 급한 마음으로 뛰어나오면서 넘어지고 말았습니다. 그런데 발목이 부러지고 말았습니다. 그 순간이 내 인생을 멈추게 하는 사건이 되었습니다. 3개월을 꼼짝 못하면서 가족의 도움으로만 살아야 했습니다. 내 마음대로 활동하다가 누운 채로 환자가 되어 산다는 것은 너무나 힘든 시간들이었습니다. 매일 당연한 하루가 얼마나 소중한지를 절실하게 깨닫는 교훈을 다리를 다치고 배웠습니다.

그러데 발목이 회복되기도 전에 또 다시 유방암을 발견하면서 내 인생이 이렇게 끝나는 것인가 하는 아쉬운 마음으로 인생을 정리하는 시간을 갖게 되었습니다. 좋은 죽음에 대해서 평소에 관심을 갖고 마음의 준비를 하였기 때문에 어려운 순간들을 힘들지 않게 받아들일 수 있었습니다. 오히려 내가 아픈 것이 감사하다는 생각이 들었습니다. 해야 할 일이 많은 남편이 아니라, 자녀들을 잘 키워야 할 가장들이 된 아들들이 아니라 내가 아픈 것이 다행이라는 생각이 들었습니다. 담담하게 나의 삶을 정리하면서 인생에서 정말 귀중한 것이 무엇인지를 깨닫는 소중한 시간들이었습니다. 그 많은 열정과 욕심도 다 내려놓고 이제는 사랑하는 사람들과 사랑을 나누면서 한 땀 한 땀 수를 놓는 것처럼 최선을 다하면서 남은 시간을 살아가고 있습니다. 매일 평범한 일상을 살아가는 것이 기적이라는 생각이 듭니다.

337 유서를 미리 써 놓으세요.

남은 삶을 준비하는 지혜를 배우게 됩니다.

"우리에게 우리 날 계수함을 가르치사
지혜로운 마음을 얻게 하소서."
• 시편 90편 12절 •

338 물질의 유산보다는
본받고 싶은 삶을 남겨 주세요.

장학재단에 재물을 남긴다면 보람된 일입니다.

339 해바라기처럼 눈을 들어
하늘을 바라보세요.

돼지는 하늘을 쳐다보지 못하고 땅만 보고 다닙니다.

"내가 산을 향하여 눈을 들리라. 나의 도움이 어디서 올꼬.
나의 도움은 천지를 지으신 여호와에게서로다."
• 시편 121편 1~2절 •

화려한 젊음보다
행복한 황혼이 아름답다

340 인생을 너무 심각하게 살지 마세요.

즐거운 인생이 기다리고 있습니다. 삶은 선물입니다.

"사람이 하나님께서 그에게 주신 바, 그 일평생에 먹고 마시며 해 아
래에서 하는 모든 수고 중에서 낙을 보는 것이 선하고 아름다움을
내가 보았나니 이것이 그의 몫이로다. 또한 어떤 사람에게든지 하
나님이 재물과 부요를 그에게 주사 능히 누리게 하시며 제 몫을 받
아 수고함으로 즐거워하게 하신 것은 하나님의 선물이라."

• 전도서 5장 18~19절 •

341 이왕이면 재미있게 살아가세요.

늙지 않는 비법입니다.

"나는 죽을 때까지 재미있게 살고 싶다."

• 이근후 •

161

342 존경받는 노인이 되세요.

귀한 권위를 갖게 됩니다.

"지혜는 진주보다 귀하니 네가 사모하는 모든 것으로도 이에 비교
할 수 없도다. 그의 오른손에는 장수가 있고 그의 왼손에는 부귀
가 있나니 그 길은 즐거운 길이요 그의 지름길은 다 평강이니라.
지혜는 그 얻은 자에게 생명 나무라, 지혜 가진 자는 복되도다."

· 잠언 3장 15~8절 ·

343 우아하게 나이 들어가세요.

반듯하고 곱게 늙어야 기품이 흐릅니다.

"백발은 영화의 면류관이라."

· 잠언 16장 31절 ·

344 싱싱한 노인^{new elder}이 되세요.

낡은 노인old elder이라는 인상을 주지 마세요.

화려한 젊음보다
행복한 황혼이 아름답다

345 품격 있는 인생을 사세요.

오래된 포도주같이 삶은 숙성될수록 더 맛깔납니다.

"가족 중에 노인이 계시다면 그 가족은 보석을 갖고 있는 것이다."
· 중국 속담 ·

**346 모든 사람이 항상 가져야 할 것은
희망, 평화, 정직입니다.**

이런 것들은 돈으로 살 수 없는 정말 값진 것입니다.

347 인생을 너무 쉽게 살려고 하지 마세요.

시련 없는 인생은 없습니다.
세월 앞에 장사 없다는 말의 의미를 생각해 보세요.

"세월이 연마한 고통에는 광채가 따르는 법이다."
· 박완서 ·

348 세월만으로 늙어가지 마세요.

이상을 잃어버릴 때 비로소 늙어갑니다.

"오늘도 내가 여전히 강건하니 내 힘이 그 때나 지금이나 같아서
싸움에나 출입에 감당할 수 있으니."

• 여호수아 14장 11절 •

349 세월을 느끼며 살아가는 인생의 힘을 보여 주세요.

**노인의 저력은 아무도 흉내 낼 수 없습니다.
그 가정에 노인이 있다는 것은 축복입니다.**

"노인 한 사람이 사라지는 것은
도서관 하나가 없어지는 것과 같다."

• 에이브러햄 링컨 Abraham Lincoln •

화려한 젊음보다
행복한 황혼이 아름답다

350 나이 들어가는 것은
자연스러운 일입니다.

사람을 알아보는 안목과 지혜가 생겨 좋습니다.

"살아온 세월은 아름다웠다."

· 유안진 ·

351 젊음을 그리워하지 말고
잘 늙어감을 감사하세요.

행복하게 늙어가는 것은 쉬운 일이 아닙니다.

"노인 같은 젊은이를 만나는 것만큼이나
젊은이 같은 노인을 만나는 것은 기쁜 일이다."

· 키케로 Marcus Tullius Cicero ·

352 나이로 살지 말고 생각으로 살아가세요.

사람은 생각하는 대로 살아갑니다. 좋은 생각을 많이 하세요.

"그 마음의 생각이 어떠하면 그 위인도 그러한즉."
· 잠언 23장 7절 ·

"늙음에 축복이 있다. 보이지 않는 부분이 보이기 때문이다."
· 정진홍 ·

353 나이가 들어도 의미 있는 미래는 얼마든지 열릴 수 있습니다.

미래는 준비하는 자의 것입니다.

"늙어도 여전히 결실하며 진액이 풍족하고 빛이 청청하니."
· 시편 92편 14절 ·

화려한 젊음보다
행복한 황혼이 아름답다

354 시대를 바로 인식하고 정신 차려 근신하며 살아가세요.

"너희가 이 시기를 알거니와 자다가 깰 때가 벌써 되었으니."

• 로마서 13장 11절 •

"바로 다음 순간이 마지막인 것처럼 매 순간을 살아야 한다.
그리고 언제라도 죽음이 닥쳐올 수 있음을 염두에 두면서
두려워하지 말고 침착하게 살아가야 한다."

• 아놀드 토인비 Arnold Joseph Toynbee •

355 우리에게 중요한 것은 언젠가 죽는다는 것이 아니라 지금 살고 있다는 것입니다.

그래서 이제는 전보다 하루하루가 더 소중합니다.
오늘은 다시 오지 않습니다.

"주께는 하루가 천 년 같고 천 년이 하루 같다는
이 한 가지를 잊지 말라."

• 베드로후서 3장 8절 •

356 아름다운 끝맺음을 위하여 준비하세요.

좋은 죽음well·dying을 위하여 좋은 삶well·being을 살아야 합니다.

"경기하는 자가 법대로 경기하지 아니하면
승리자의 관을 얻지 못할 것이며."

• 디모데후서 2장 5절 •

"삶과 죽음은 동전의 양면과 같다.
죽음은 삶과 마찬가지로 사람의 성장에 꼭 필요하다."

• 마하트마 간디 Mahatma Gandhi •

357 죽음이 슬픈 것이 아니라 이별이 슬픈 것입니다.

그래서 이별을 준비하는 지혜가 필요합니다.

"나의 떠날 시각이 가까웠도다."

• 디모데후서 4장 6절 •

"죽음을 받아들이는 태도는 죽음 그 자체보다 중요하다.
따라서 훌륭하게 죽는 것은 우리의 특권이 될 수 있다.
우리는 죽음을 어찌하지 못하지만 죽어가는 모습은 선택할 수 있다."

• 사이러스 설즈버거 Cyrus Sulzberger •

화려한 젊음보다
행복한 황혼이 아름답다

358 모든 사람에게 오는 죽음을 의연하게 맞이하세요.

**죽음에 연연하는 것은 소중한 순간을 낭비하는 것입니다.
죽음은 삶에서 가장 중요한 것이 무엇인지를 깨닫게 해 줍니다.**

"의인은 그의 죽음에도 소망이 있느니라."

· 잠언 14장 32절 ·

"삶이 좋은 것이라면 죽음 또한 좋은 것이다."

· 장자 莊子 ·

359 주변 정리를 깔끔하게 하세요.

떠나는 자리가 아름다워야 합니다.

"당신은 배를 탔고 항해를 했다.
이제 해안에 닿았으니 배에서 내려야한다."

· 마르쿠스 아우렐리우스 Marcus Aurelius Antoninus의 명상록 ·

360 만물의 마지막 때가 가까웠습니다.

지금은 열심히 서로 사랑할 때입니다.

"범사에 기한이 있고 천하 만사가 다 때가 있나니 날 때가 있고 죽을 때가 있으며, 심을 때가 있고 심은 것을 뽑을 때가 있으며, 죽일 때가 있고 치료할 때가 있으며, 헐 때가 있고 세울 때가 있으며, 울 때가 있고 웃을 때가 있으며, 슬퍼할 때가 있고 춤출 때가 있으며, 돌을 던져 버릴 때가 있고 돌을 거둘 때가 있으며, 안을 때가 있고 안는 일을 멀리할 때가 있으며, 찾을 때가 있고 잃을 때가 있으며, 지킬 때가 있고 버릴 때가 있으며, 찢을 때가 있고 꿰맬 때가 있으며, 잠잠할 때가 있고 말할 때가 있으며, 사랑할 때가 있고 미워할 때가 있으며, 전쟁할 때가 있고 평화할 때가 있느니라. 일하는 자가 그의 수고로 말미암아 무슨 이익이 있으랴, 하나님이 인생들에게 노고를 주사 애쓰게 하신 것을 내가 보았노라. 하나님이 모든 것을 지으시되 때를 따라 아름답게 하셨고 또 사람들에게는 영원을 사모하는 마음을 주셨느니라. 그러나 하나님이 하시는 일의 시종을 사람으로 측량할 수 없게 하셨도다. 사람들이 사는 동안에 기뻐하며 선을 행하는 것보다 더 나은 것이 없는 줄을 내가 알았고, 사람마다 먹고 마시는 것과 수고함으로 낙을 누리는 그것이 하나님의 선물인 줄도 또한 알았도다."

• 전도서 3장 1~13절 •

화려한 젊음보다
행복한 황혼이 아름답다

361 영정사진을 미리 찍어 두세요.

자녀들이 조금 더 젊은 날의 모습을 기억하게 하세요.

"죽음은 사람이 경험할 수 있는
가장 흥미로운 여행이 되어야 한다."
• 얀빌렘 반 드 베터링 Janwillem van de Wetering •

362 생명을 연장하는 장치를 하지 말 것을 문서로 작성해 놓으세요.

존엄한 죽음을 위한 마지막 자존심입니다.

"경건한 자들의 죽음은 여호와께서 보시기에 귀중한 것이로다."
• 시편 116편 15절 •

"죽는 것보다 힘든 것은 살아있는 일이다."
• 에드윈 슈나이드먼 Edwin S. Shneidman •

363 장례 절차를 간소하게 할 것을 유서에 써 놓으세요.

영국에서는 가까운 가족들만 초대한다고 합니다.

"죽음은 삶에서 만나는 최고의 모습이다.
 우리는 자신과 다른 이들의 죽음을
 삶의 자연스러운 한 부분으로 받아들여야 한다."

• 마르그리트 유프스나르 Marguerite Yourcenar •

364 위엄 있는 죽음을 맞이하세요.

죽음은 인생의 깊은 지혜와 진정한 가치를 발견하게 해 줍니다.

"나는 선한 싸움을 싸우고
 나의 달려갈 길을 마치고 믿음을 지켰으니
 이제 후로는 나를 위하여 의의 면류관이 예비되었으므로."

• 디모데후서 4장 7~8절 •

화려한 젊음보다
행복한 황혼이 아름답다

365 마지막에 하고 싶은 이야기를
지금 하세요.

내일이 보장 된 인생은 어디에도 없습니다.
기회가 항상 있는 것은 아닙니다.

"너는 내일 일을 자랑하지 말라.
하루 동안에 무슨 일이 일어날는지 네가 알 수 없음이니라."

· 잠언 27장 1절 ·

마지막
듣고 싶은
말

몇 년 전 가깝게 지내던 집사님이 대장암으로 몇 달 동안 투
병하다가 사랑하는 남편과 딸을 두고 안타깝게 돌아가셨습
니다. 아내가 아파 누워있을 때 남편으로부터 미안하다는
마지막 말을 듣고 등을 돌리며 울었다는 이야기를 듣고 마
음이 아팠습니다. 아내에게 정말 미안해서 그렇게밖에 말할
수 없었는지는 모르지만 그래도 한마디 더 해 주었더라면
좋았겠다라는 아쉬움이 남았습니다. 아내가 마지막으로 듣
고 싶었던 말은 그를 진심으로 많이 사랑했다는 말이 아닐
까 하는 생각이 들었기 때문입니다.

만일 어느 날 남편과 영원히 헤어지는 순간이 온다면 나는
무슨 말을 할 수 있을까, 또한 나는 남편으로부터 마지막으

로 어떤 말을 듣게 될까 생각하였습니다. 사랑하는 사람에게 할 수 있는 최고의 말은 사랑한다는 사실을 고백하는 것보다 더 좋은 것은 없는 것 같습니다.

어머니가 병원에서 마지막 순간을 맞이할 때 내가 어머니 귀에 대고 "엄마, 사랑해요."라고 속삭였던 생각이 납니다. 살아있을 때 사랑하는 사람에게 사랑한다는 말을 자주 사용하지 않은 사람들은 어색해서 잘 못하는 경우가 있습니다. 그런데 그 좋은 말을 꼭 삶의 마지막에만 해야 할까요? 위기의 순간이나 급한 상황에서도 자연스럽게 그런 말이 나오도록 평상시에도 사랑한다는 말을 자주 하는 좋은 습관을 가져야겠습니다.

가족은 살아가면서 사랑만 하는 것은 아니라 서로 상처를 주고받기도 합니다. 그런데 상처는 시간이 지나면 잊어버리지만 사랑은 영원합니다. 그래서 죽음으로 인해 서로 헤어지게 되더라도 사랑은 영원히 기억될 것입니다. 그동안 이 세상에서 행복한 인생을 살 수 있도록 곁에 함께 있어 준 자녀들에게도 감사하며, 더 많이 사랑하지 못한 부족함을 미안해하며 사랑한다는 말을 남기고 떠난다면 아름다운 이별로 기억될 것입니다.

인생의 마지막 순간에 사랑하는 가족으로부터 사랑한다는 말을 듣고 떠나는 사람은 행복한 사람입니다. 사랑하는 가족들에게도 사랑한다는 말을 하고 떠난다면 행복한 죽음을 맞이하는 것이라 생각됩니다. 마지막까지 내 곁을 지켜 주고 함께 있어 주는 사람은 자녀들과 배우자입니다. 살아 있는 동안 그 소중한 가족들을 더욱 아끼고 사랑하며 남은 시간을 보내기 원합니다. 인간은 사랑받기 위해 태어난 존재이기 때문이지요.